LES
DÉMOLIS

Georges PROTEAU

PIÈCE SATIRIQUE CONTEMPORAINE

Avec Préface

D'UN FUMISTE

PRIX : UN FRANC

EN VENTE CHEZ L'AUTEUR : RUE DAGUERRE, 45

PARIS

IMPRIMERIE ADOLPHE REIFF

3, Rue du Four, 3

—

1886

Tous droits réservés.

OUVRAGES DU MÊME AUTEUR

DÉJA PARUS :

La Poésie du Boulevard 0.10
L'Impôt sur le Pain, chanson-pamphlet contre
   les affameurs (épuisé). 0.10

SOUS PRESSE :

La Muse des Révoltés, poésies de combat..... 1 »
Les cent Sonnets d'un Fumiste....... .... 1 »
Contre l'ennui, poèmes grivois............... 1 »
Charles Laroche, roman, 2 volumes......... 3 »
Le Bâtard vengeur, drame en vers, 5 actes... 1.50
Flocons de Neige et Boules de Suie, articles et
   nouvelles.................................. 1 »
Rosita, opéra, 2 actes...................... 0.50

EN PRÉPARATION :

Paris-Bohème, roman de mœurs............. 1 50
Tour de France d'un jeune fumiste, voyages.. 2 »
Le monde de mes rêves, exposé social........ 1.50
Fanny Perronet, roman contemporain........ 1.50

N. B.—L'auteur «Sans-le-Sou» ciselera un mirifique
sonnet de reconnaissance aux mille premiers souscripteurs qui l'aideront à se produire.

MM. les éditeurs sont priés de ne pas venir assiéger
sa porte.

LES DÉMOLIS

A la bonne et charmante révolutionnaire

SÉVERINE VINGTRAS

je dédie ce vilain griffonnage sur le

monde bourgeois.

G. P.

LES DÉMOLIS

PAR

Georges PROTEAU

PIÈCE SATIRIQUE CONTEMPORAINE

Avec Préface

D'UN FUMISTE

—

PRIX : UN FRANC

EN VENTE CHEZ L'AUTEUR : RUE DAGUERRE, 45

—

PARIS

IMPRIMERIE ADOLPHE REIFF

3, Rue du Four, 3

—

1886

Tous droits réservés.

OUVRAGES DU MÊME AUTEUR

DÉJA PARUS :

La Poésie du Boulevard............................ 0.10
L'Impôt sur le Pain, chanson-pamphlet contre
   les affameurs (épuisé)...................... 0.10

SOUS PRESSE :

La Muse des Révoltés, poésies de combat..... 1 »
Les cent Sonnets d'un Fumiste...... .... 1 »
Contre l'ennui, poèmes grivois.............. 1 »
Charles Laroche, roman, 2 volumes......... 3' »
Le Bâtard vengeur, drame en vers, 5 actes... 1.50
Flocons de Neige et Boules de Suie, articles et
   nouvelles............................... 1 »
Rosita, opéra, 2 actes...................... 0.50

EN PRÉPARATION :

Paris-Bohème, roman de mœurs............. 1.50
Tour de France d'un jeune fumiste, voyages.. 2 »
Le monde de mes rêves, exposé social........ 1.50
Fanny Perronet, roman contemporain....... 1.50

N. B. — L'auteur « Sans-le-Sou » ciselera un mirifique sonnet de reconnaissance aux mille premiers souscripteurs qui l'aideront à se produire.

MM. les éditeurs sont priés de ne pas venir assiéger sa porte.

AVIS AU LECTEUR

Ami ! je n'écrirai pas de préface, pour cet ours devenu rossignol mais, en quelques lignes, je vais te dire pourquoi — me résignaut à rogner le pain de mes bien maigres repas pour payer l'impression — j'ai résolu de l'éditer moi-même.

Tu n'ignores certainement pas que, selon le mot de Vallès, tous les éditeurs joignent le nom de Shylock à leur patronymique et voient dans tout auteur jeune ou vieux, célèbre ou inconnu, talentueux ou simplement stupide, une proie à dévorer.

Je me présentai donc chez l'un d'eux qui me reçut rien moins que bien, vu mon costume prolétarien, et finit, après m'avoir fait revenir trois fois, par me demander six cents francs pour sa provision et des coupures à tous les points saillants de la pièce.

Six cents francs, pauvre chou, mais si je possédais une pareille somme je n'hésiterais pas à tutoyer Alphonse Lemerre bien certain d'acheter le tambourin de Clovis Hugues et la collaboration du génial poète M. de Lorgeril.

Devant pareilles exigences je crus que l'entrepreneur de volumes se moquait de moi; mais, voyant qu'il tenait un sérieux plus grand que celui de M. Ranc, ce renégat, lorsqu'il parle de la liberté, cette guitare, je repris mon manuscrit et partis indigné cent fois plus que Maître Corbeau :

Jurant, mais un peu tard, qu'on ne m'y prendrait plus.

Oh ! je t'entends déjà t'écrier :

Pourquoi diable l'auteur ne présentait-il point sa pièce à quelque directeur de théâtre. L'état fournit des subventions à l'aide desquelles on doit jouer les jeunes.

D'abord, apprends, gros naïf, que ma pièce n'est pas jouable. Dédaigneux des ficelles, je ne lui ai pas charpenté assez d'intrigue pour qu'elle pût tenir la scène.

Ayant à critiquer le monde bourgeois je l'ai fait sous forme de comédie, parce que tout est comédie, dans ce monde-là. Tous mes personnages sont vrais; je les ai coudoyés; sauf un cependant, le domestique, rendu, par pitié, plus beau que nature.

Mais nul n'ignore que Vitellius trouva des plus que complaisants dans ses officiers; que, si Triboulet fut plus abject que François Ier, Joseph Reinach plus vil que Gambetta, de même les domestiques, d'ordre inférieur, sont autant si ce n'est plus, corrompus que leurs maîtres.

Alors tu rebiffes : Point n'est besoin qu'une

pièce soit passionnante pour éclairer en amusant. Je l'eusse fait jouer quand même !

Ah çà, voyons l'ami, quelle pharamineuse idée te fais-tu donc de moi ??... Je devine ; Tu me supposes un Shakspeare, avec une tête d'Antinoüs fichée sur le corps de l'Apollon du Belvédère lequel serait habillé par Dusautoy.

Eh bien ! non ! ce n'est pas ça du tout !

Sans plus vouloir te détailler ma personne, sache que je n'ai pas une tête à entrer dans les théâtres subventionnés. Mes avantages physiques ne me permettent pas plus de tirer les Chelles à l'Odéon que les oreilles, bien grandes et bizarres pourtant, au directeur du Français.

Quant à jouer les jeunes; c'est une de ces illusions permises tout au plus aux naturels de Carpentras. La seule façon appréciable dont les entrépreneurs de spectacles jouent les jeunes est de remplacer avec avantage la machine pneumatique en faisant le vide dans leur porte-monnaie.

C'est, je crois, jusqu'à présent du moins, l'unique manière dont les jeunes ont été joués.

D'ailleurs les trois jeunes du théâtre sérieux se nomment Dennery, Sardou et Georges Ohnet.

Si quelque imposteur venait te soutenir qu'il en existe un autre, jette-le par la fenêtre en lui disant qu'il a menti !

Hors de ce triumvirat quelque peu stelliona-taire point de salut !

Ici tu te permets cette troisième exclamation :
Mais..... et l'Art! qu'en fait-on ??.....

Pour le coup c'est trop fort! Tiens! tu me
fais pi....tié! comme écrirait Trublot. De quelle
planète es-tu tombé pour dire une telle énor-
mité?...

Sache donc bien, frère bénévole, qu'à part
deux ou trois théâtres l'art est pour longtemps
banni de la scène.

« Ars longa, vita brevis, »
dit un proverbe latin que tous les trafiqueurs
du boulevard ont appris à dessein ; j'allais écrire
— appris par cœur — mais ces gens-là ne pos-
sèdent pas ce viscère aussi indispensable à tout
artiste qu'inutile aux mercantis.

Les trois quarts sous le titre générique de :
Théâtres?... n'administrent que des lupanars
sans numéros et s'occupent bien plus de plas-
tique féminine que de mâle littérature.

Celui-ci transforme les loges en boudoirs,
établit un parallèle entre la secrète élasticité
d'une artiste horizontalement posée sur le ve-
lours de son divan et les ressorts de cet objet,
puis fait une commande très importante de ces
petits meubles hygiéniques, en forme de guitare, nommés spirituellement : La pièce d'eau
des cuisses.

Peu lui importe en engageant l'artiste, le jeu,
la diction. A quoi bon être pathétique en scène,
enlever le public jusqu'aux sommets du rêve
pour le replonger dans le gouffre de l'effrayante

réalité dès l'instant que l'on baise bien. dans sa loge. Inutile d'exceller dans la scène de la folie puisqu'il suffit d'être bien « cochonne » dans l'intimité, de simuler une certaine nervosité au moment psychologique pour faire la recette du Bordenave de l'endroit.

Pourquoi chercher la célébrité artistique de Mlles Mars, Georges, Rachel, Déjazet, Anna Desclée, Sarah Bernhard, etc. lorsque l'on peut l'atteindre en s'appelant tout simplement Manon Lescaut.

Que restera-t-il, après la mort, de ces grandes névrosées ?? .. Rien ! la nuit, le néant, l'oubli !

En cela, sache-le bien lecteur, je n'incrimine pas la femme, que je plains tout au contraire, mais bien les misérables qui, lorsqu'elle vient, éprise d'art, brûlant du feu sacré qui la pourrait transformer en prêtresse du beau, l'obligent à prêter son c...apital dont ils empochent la majeure partie des intérêts et l'acculent dans cette impasse : terrible pour celles qui ont du cœur : Se vendre ou mourir de faim !

Il en est d'autres que je ne veux pas nommer mais que tu reconnaîtras facilement.

Ceux-là, ainsi que je te le narrais tout à l'heure, jouent les jeunes.

Spéculant bassement sur l'orgueil inné chez tout auteur ils lui sucent, noires sangsues, pieuvres aux tentacules perfides, l'or, l'honneur, le sang, la vie ! tout enfin ! ! et si tu crois à l'exagération, rappelle-toi ce tabellion de province auquel un directeur de petit théâtre ouvrit les portes du bagne en lui soutirant quarante mille francs pour monter, plus que modestement, une pièce intitulée : *Force à la loi.*

Ce que je gaze ici n'est pas la plus belle farce de cet individu et certaine grande artiste qui dût lui abandonner son théâtre pourrait renchérir sur moi.

D'autres encore, surnommés « Jeunes et intelligents » stipulent d'abracadabrants dédits sur les engagements de leur personnel artistique et, lorsque baissent les recettes, confient « une panne » à l'artiste ayant le plus fort dédit ou bien encore le vexent, lui font une guerre hypocrite jusqu'au moment où l'artiste, poussé à bout, rompt son engagement et se retire en remplissant la caisse de « l'habile et intelligent directeur. »

Le triste sire, dont il est ici question, ne s'attaque pas seulement aux artistes mâles et je sais une charmante personne, actuellement au Vaudeville après avoir été le « clou » de l'Odéon, je prie Mlle A. T. de me pardonner cette métaphore, car nul plus que moi n'est prêt à lui rendre justice en affirmant qu'elle est agréablement capitonnée — qui dût vendre jusqu'à son mobilier pour étancher l'« *auri sacra fames* » de son exploiteur.

La pauvre artiste en fit une grande maladie et ça ne m'étonne pas autrement. Il est dur pour une jeune femme, qui se sait : Aimée, de coucher à la belle étoile avec un manuscrit pour traversin.

La presse s'émeut bien quelquefois de ce trafic éhonté ; deux ou trois critiques sincères trempent bien leur bonne plume de Tolède dans l'encre de la petite vertu pour dire leur fait à ces tripoteurs, mais s'arrêtent, écœurés, devant la tâche trop ardue, n'ayant point le courage de remuer toute cette fange.

Excusables sont ces gens ; car la Seine, elle même ; détournée de son cours, ne suffirait pas à nettoyer les écuries d'Augias de certaines directions.

Aussi, sûr de l'impunité, embusqué derrière son bureau directorial comme un bandit dans les Abruzzes :

> « L'habile intelligent » va filant sa quenouille
> Sans beaucoup s'occuper de tous ses détracteurs
> Et, sachant d'un Marais tirer de la grenouille,
> Remplit sa caisse avec les fonds de ses acteurs.

Or ! tu voudrais que moi, qui n'ai pas d'argent pour remonter leur caisse, pas de flatteries pour chatouiller agréablement leur public, aussi corrompu que bourgeois, pas de sœur ou de maîtresse à qui je veuille faire porter mon ours afin que l'entrepreneur s'allonge sur son nombril pour en maquignonner l'acceptation, je m'adresse à ces gens là pour une piécette écrite avec sincérité ? ?...

Voyons mon vieux ! tu rigoles ! ! !

UN FUMISTE.

PERSONNAGES

MESSIEURS

GERMAIN DÉMOLIS, ministre de l'agriculture.
BAPTISTE RAILL, valet de chambre.
SIMPHORIUS ROUCOUL, homme de lettres.
JEAN RENARD, avocat près la Cour d'appel.
DE SAUCISSEMBACK, banquier.
GABRIEL CAMPAGNE, publiciste.
RAOUL VACREUSANT, ingénieur.
DIAGNOSTIC, docteur en médecine.
GROUIN, député.
Lord CHACALLS, Prince LOURSTAKOFF, Major VON COGNAK, Comte TOCKAI, GEORGES GONNET, DAUBANEL, GUILLOT, et autres invités.

MESDAMES

CLARA DÉMOLIS, fille du ministre.
ALICE DÉMOLIS   id.
ANGÈLE DÉMOLIS   id.
MARIETTE AMBOUL, cameriste.
Princesse LOURSTAKOFF, Comtesse TOCKAI, et autres dames invitées.

LES DÉMOLIS

PIÈCE EN QUATRE ACTES

ACTE PREMIER

(La scène représente un salon bourgeois avec piano sur le
côté gauche près une fenêtre. Un divan et un fauteuil au
premier plan. Un guéridon au second plan sur la droite.
Pour le reste de l'ameublement mise en scène à volonté).

SCÈNE PREMIÈRE

GERMAIN DÉMOLIS, en robe de chambre et furetant partout.

Trouverai-je ces maudits papiers? (Prenant un dossier sur le piano) Enfin les voici! (Se laissant tomber sur
le fauteuil) Je suis harassé avant de commencer mes
visites. Quelle corvée que la formation d'un ministère! Il faut sonder l'un, faire des propositions à
l'autre; passer trois quarts de jour en voiture.

Oh! si ce n'était pas pour mes filles, c'est moi
qui laisserais la politique de côté; mais je suis resté
veuf avec trois demoiselles, dont aucune ne res-
semble à l'autre.

Ma défunte, cette chère regrettée, nature compo-
site s'il en fut, était un amalgame d'Ophélie, de
madame Bovary et de Lola Montès. Mon Angèle-

Ophélie a trouvé le poète de son cœur avec lequel je la laisse s'amuser en attendant le mariage. Alice-Bovary aura Jean Renard, docteur en droit, et s'en contentera bourgeoisement aux yeux du monde ; quand à Clara-Lola Montès, ayant eu déjà plusieurs prétendands tués sous elle, il ne lui manque plus qu'un roi de Bavière.

Puis je dois me dévouer pour ma petite Léa, cette fiché de consolation qui joue les décolletés aux Folies Mouffetard, la même dont un journaliste fit cet à-peu-près :

C'est une nymphe Léa! parce que nous partîmes en ballon par une matinée de printemps et qu'elle dût jeter son dernier voile en guise de lest. Quand au nymphéa : jamais la gaillarde n'en mît dans sa cuisine ; de ça je puis répondre en ayant eu les preuves. (Redevenant grave) Oui! cette mission délicate me transforme, moi si parleur naguère, je garde un mutisme presque absolu.

D'ailleurs, je suis dans mon rôle, lorsque l'on entre dans un cabinet c'est pour se recueillir. (Regardant la pendule) Déjà neuf heures et pas encore habillé, je suis en retard pour mes quarante-sept visites.

Oh! la politique! quelle guitare !

Toujours la même musique d'ailleurs, un journaliste écrit en parlant du pouvoir : Prendra! Un autre renchérit : Prendra pas !

BAPTISTE, montrant la tête à la porte.

Prendra pas!

GERMAIN DÉMOLIS, prêtant l'oreille, mais reprenant aussitôt·

L'embrassera ! l'embrassera pas !

BAPTISTE, Recommendant la même manœuvre.

L'embrassera pas !

GERMAIN se retourne mais n'aperçoit personne.

C'est prodigieux comme la voix se répercute dans ce salon, je ferai faire des expériences télé-phoniques.

(Il sort par la porte de gauche pendant que Baptiste entre par la droite.)

SCÈNE II

BAPTISTE, seul.

Pour un futur ministre, il est assez réussi. (Regardant autour de lui) Peut-être me plairai-je ici ; le mi-lieu est bien prosaïque après la poésie de là-bas, mais je veux sublimiser la demeure. Le maître est décadent, c'est à moi de maintenir le prestige en donnant l'exemple.

SCÈNE III

MARIETTE, BAPTISTE.

BAPTISTE, lui prenant le menton puis un baiser sur la joue.

Bonjour Mariette, bonjour mon chat !

MARIETTE, rougissant.

Oh ! Baptiste, vous abusez... j'ai des principes.

BAPTISTE, vivement.

Otez... le dernier mot ; vos principes ôtés, nous causerons après.

MARIETTE.

Cette nouvelle place vous plaira-t-elle ?

BAPTISTE, d'un ton suffisant.

Je pense...

MARIETTE.

D'ailleurs, monsieur Démolis est un bon maître.

Oui ! à part les trois perruches mal éduquées on n'a pas l'air bruyant dans cette maison.

SCÈNE IV

LES MÊMES, CLARA.

(Clara entre et s'avance très doucement pour écouter),

MARIETTE, prenant place au fauteuil.

Et vous trouvez nos jeunes maîtresses ?...

BAPTISTE.

Passables. Ce sont bien les filles d'un ministre : Clara représente l'extrême-droite, ne rêve que demeures seigneuriales, chevaux, premières représentations, s'habille chez les grands couturiers en renom et parle un jargon qui tourne à l'anglo... manie; Alice, cette boulotte aussi blonde que gourmande, dont la vie toute entière tiendrait dans un pot de confitures, représente le centre aux larges appétits ; quand à Angèle, si suave et si naturelle, trop naturelle même, ce qui fait douter sa sœur de la fraternité, elle personnifie l'extrême-gauche vivant d'idéal et de bonheur universel.

MARIETTE.

Ce qui plait à l'une déplait à l'autre.

BAPTISTE.

Et le pauvre ministre est toujours en ballottage; c'est parfait.

MARIETTE.

La nature est bizarre, très bizarre.

BAPTISTE.

Oui ! grâce à elle nous possédons comme dans

l'écriture, l'anglaise, la ronde et la bâtarde ! Trop
de modernisme.

CLARA, à part.

Très spirituel ce Baptiste.

BAPTISTE.

Ça manque de gothique.

MARIETTE.

Alors, c'est bien entendu, .vous vous plairez ici ?

BAPTISTE.

Si je m'ennuie trop, j'aurai recours à la poésie.

MARIETTE.

Vous connaissez ça, la poïésie ?

BAPTISTE, à part.

Cause-t-elle assez mal. (Haut) Certainement, belle
Mariette, pour être aimé des jolies femmes on doit
toujours avoir des vers à soi.

MARIETTE.

Oh ! je vous en prie, dites-m'en quelques-uns.

BAPTISTE, d'un ton déclamateur, après avoir toussoté.

Je la vis ce soir-là, palpitante, atterrée,
Se frapper en plein cœur et prendre son essor,
Fuyant tous les mortels, vers la voûte éthérée
Comme un beau papillon

CLARA, à part.

Quelle bouillabaisse !

BAPTISTE, achevant son vers, avec un grand geste.
Sur ses deux ailes d'or !

CLARA, ayant reçu le plumeau de Baptiste en pleine figure,
s'écrie :

Maladroit !

BAPTISTE, très étonné, après que Mariette somnolant aux
vers eut fait un soubresaut.

Vous étiez donc là ?

CLARA, se tamponnant la figure avec son mouchoir.

J'ai tout entendu.

BATISTE, d'un ton doctoral.

Un vent révolutionnaire souffle sur l'office.

MARIETTE, à part.

Divin ! ce Baptiste.

BAPTISTE, continuant.

Les rôles sont renversés, ce sont maintenant les maîtres qui écoutent aux portes.

MARIETTE, à part.

Je crains l'orage, esquivons-nous.

BAPTISTE, se laissant choir sur le divan pendant que Clara s'asseoit au fauteuil devenu libre par le départ de Mariette.

Que ne suis-je plus de l'académie !

CLARA, très étonnée.

Comment ! vous fûtes académicien ? ?

BAPTISTE, très digne.

Oui mademoiselle, je flute-z'-académicien.

CLARA, à part.

L'impertinent se moque de moi. (Haut) un immortel déclassé.

BAPTISTE.

Hélas !

CLARA.

Et vous osez produire ce vers mirlitonnesque :
Comme un beau papillon sur ses deux ailes d'or.
Moi, je croyais, tout au contraire, que les ailes se trouvaient sur le papillon.

BAPTISTE.

Cela tient à ce que vous n'êtes pas initiée à la langue des dieux et surtout à la transposition, une des ficelles du romantisme, qui permet au style d'être clinquant et capricieusement pailleté

CLARA.

Peut-être bien. Maintenant vous allez m'expliquer pourquoi les discours de l'institut ont un goût d'huile si prononcé.

BAPTISTE.

Il n'en peut-être autrement ! les discours de l'académie sentiront l'huile aussi longtémps qu'elle conservera un Ollivier dans son sein.

CLARA.

Très fort ! je vous augmente de dix francs par mois.

BAPTISTE.

Je n'attendais pas moins de votre générosité.

CLARA.

A propos ! quel fauteuil occcupiez-vous donc ?

BAPTISTE.

Le quarante et unième, placé près de la cheminée.

CLARA, étonnée.

Comment ! une académie à cheminée ? pourquoi pas à tiroirs. De quelle académie parlez-vous donc ??

BAPTISTE.

Celle du *Chat noir* parbleu ! la seule qui conserve un peu de poésie.

CLARA.

Je suis une sotte, quand le mot : cheminée fut prononcé j'aurais dû m'apercevoir que vous étiez fumiste.

BAPTISTE.

Fumiste littéraire.

CLARA.

Alors vous fûtes chassé ?

BAPTISTE.

Pour une peccadille. Certain soir un habitué de l'établissement, qui place toutes ses éditions dans l'épicerie et dont le dernier volume surtout venait de faire un plongeon colossal, me demanda l'appéritif africain. Sans songer à mal je lui jetai un régard de pitié en m'écriant : Encore un homme à l'amor !

Co fut suffisant, l'allusion, bien innocente de ma part, vous valut l'avantage inappréciable de me compter à votre service de Sèvres.... où vous demeurez.

CLARA, à part.

Abracadabrant de fatuité ce garçon ! (Haut) Vous êtes amusant.

BAPTISTE.

Mademoiselle, je sais conserver mes distances et ne suis point du monde où l'on s'ennuie.

SCÈNE V

LES MÊMES, GERMAIN DÉMOLIS.

GERMAIN, en tenue de ville.

Au revoir Clara, je vais essayer de mener à bien ma délicate mission.

CLARA, allant vers son père qui la baise au front.

Au revoir cher papa, je vais faire seller Plaisanterie pour ma promenade au bois.

BAPTISTE, pendant que Germain met des cartes dans son portefeuille.

Méfiez-vous de cette jument, mademoiselle, c'est une mauvaise Plaisanterie ; d'ailleurs messieurs les Anglais l'ont appris à leurs dépens.

CLARA.

Merci du conseil.

GERMAIN, s'adressant à Clara de façon à n'être pas entendu
do Baptiste.

Veille sur ce nouveau domestique que je crois
un parfait imbécile. (Il sort.)

CLARA.

Savez-vous ce que me disait mon père ?

BAPTISTE.

Pas encore.

CLARA, souriant.

Veille sur ce nouveau domestique que je crois un
parfait imbécile.

BAPTISTE.

C'est identiquement ce que je pensais de lui.

CLARA, d'un ton de vif reproche.

Baptiste !

BAPTISTE, sur le même ton.

Clara !

CLARA, hésite un petit instant puis part d'un grand
éclat de rire.

Vous n'êtes guère craintif.

BAPTISTE, s'asseyant au fauteuil.

Les mauvais maîtres, seuls, doivent trembler
aujourd'hui.

CLARA, en se dirigeant vers la porte.

Nos gens s'émancipent, c'est le progrès ! (Elle sort.

BAPTISTE, seul.

Si cette pimbêche croit me faire peur.

SCÈNE VI

BAPTISTE, GABRIEL | CAMPAGNE.
(Un coup de sonnette retentit puis aussitôt entrée de :)

GABRIEL CAMPAGNE, qui remet sa carte à Baptiste
en lui disant :

Veuillez remettre ma carte à mademoiselle
Angèle.

BAPTISTE, prend la carte et dévisage effrontément le nouveau venu, fait mine de sortir pour porter la carte mais s'arrête et la lit en chemin..

(A part) *Gabriel Campagne*
socialiste.

Drôle d'idée de crier ses opinions avant de connaître les gens. Je vais faire l'étonné pour voir s'il est fier. (Réfléchissant à haute voix) Saucialiste?? cé doit être le nouveau cuisinier.

(Gabriel sourit) (Baptiste revient vers Campagne
et lui tend la main en disant :)

Vous n'avez pas l'honneur de me connaître, je suis le valet de chambre et, comme vous avez une bonne tête, nous serons bientôt une paire d'amis!

GABRIEL, en serrant la main que Baptiste lui tend.

(A part) Quelle familiarité.

BAPTISTE.

Vous ne serez pas mal ici! On n'enferme pas le vin et tous les fournisseurs donnent le sou du franc. (Il sort)

GABRIEL, alors que Baptiste est parti porter la carte.

La servitude a totalement abruti ce pauvre garçon.

SCENE VII

ANGÈLE, GABRIEL

GABRIEL, s'avançant vers Angèle qui entre par la droite.

Bonjour Mademoiselle, je ne saurais vous exprimer toute la joie que j'éprouve.....

ANGÈLE, lui tendant la main.

Eh bien! monsieur Gabriel, êtes-vous devenu raisonnable ??

GABRIEL, baisant amoureusement la main qui lui est tendue.

Ma folie douce, bien douce, ne cessera qu'avec ma vie. Et je viens chercher la réponse à la demande formulée par moi il y a huit jours. (A part) Puisset-elle être favorable !

ANGÈLE.

Ma réponse est négative. Je ne puis pas être votre femme; mon cœur, qui ne m'appartient plus, ne peut contenir deux amours à la fois.

GABRIEL, très triste.

Vous me désespérez car je vous aime bien sincèrement.

ANGÈLE.

Je vous crois et vois en vous un ami bien cher que j'aimerai toujours d'amitié mais jamais d'amour. (Voyant deux larmes perler aux yeux de Gabriel) Pauvre ami, votre douleur me fait mal ! Vous me haïssez peut-être maintenant. Si j'arrache violemment l'espoir de votre cœur c'est afin qu'il se cicatrise plus vite. Soyez énergique, voyagez pour oublier, servez la cause du peuple et reportez sur lui l'amour que vous avez pour moi, car les déshérités méritent, eux aussi, qu'on les aime. (Elle lui abandonne sa main qu'il couvre de baisers puis la retire doucement et s'enfuit en lui criant :) Pardonnez ma franchise. Adieu ! (Elle sort.)

GABRIEL, resté seul.

Perdue pour moi ! je ne puis pourtant pas lui dire que cette homme qu'elle adore, et qui la trompe, se sert d'elle comme d'un marchepied pour monter au pouvoir et à la fortune. (Se laissant tomber sur le divan) Oh ! je suis bien malheureux ! (Ayant pris une subite résolution) Demain le beau soleil ne luira plus pour moi !

SCÈNE VIII

GABRIEL CAMPAGNE, SIMPHORIUS ROUCOUL.

SIMPHORIUS, reconnaissant Gabriel de la porte.

Tiens ! mon rival, que le diable l'emporte ! (S'avançant vers Gabriel et lui tendant la main) Bonjour mon cher Gabriel, comment vas-tu !

GABRIEL contraint.

Assez bien, je te remercie.

SIMPHORIUS

Tu écris toujours dans la *Voix du Peuple* ?

GABRIEL.

Oui, je fais deux articles par semaine ; avec mes petits traités d'économie sociale ça me suffit pour vivre.

Et toi ? ?

SIMPHORIUS.

J'écris des poêmes incohérents puis les premiers Byzance d'un journal satirique, qui compte deux abonnés plus vingt sept lecteurs.

SCÈNE IX

LES MÊMES, BAPTISTE ET JEAN RENARD.

JEAN RENARD, (s'avance et tend les deux mains à ses amis·

Tiens, Gabriel et Simphorius ! Enchanté de vous voir réunis. Hier encore, le grand Morisard de *l'Echo de Paris* osa me soutenir qu'une femme vous divisait.

SIMPHORIUS, (précipitamment

Un simple et mauvais canard.

JEAN RENARD.

Auquel je vais m'empresser de couper les ailes dans *l'Avenir du Palais* dont je suis rédacteur en chef.

GABRIEL, à part

Je dois paraître indifférent : ces bons amis seraient trop charmés de ma douleur.

BAPTISTE, qui est entré derriére Jean Renard fait à haute voie ses réflexions pendant que les trois personnages lisent un journal.

Quel est cet escogriffe avec ses long cheveux ? Un modèle probablement, je vais le faire poser. (Regardant plus attentivement Simphorius) Suis-je niais ! c'est un poète hirsute, j'ai bien envie de lui dire zut ! Quelle rime riche j'ai trouvé là.

Et le second qui semble un grand homme de province à Paris ? quelque parasite vivant aux crocs de Thémis c'est sûr ! Gabriel, au moral comme au physique, est encore le moins mal des trois.

(Il s'asseoit, allume un cigare et se met à fumer furieusement

JEAN RENARD, ayant replié le journal.

Quelqu'un de vous a-t-il des nouvelles de Turkestan ?

GABRIEL.

Ce sublime, trois fois reloqué au bachot, vient de faire son trou.

SIMPHORIUS, haut.

Ah bah ! (A part) Encore un plus chançard que moi.

GABRIEL.

Il fait partie de la commission d'examen et vient de me rendre un service inoubliable...

SIMPHORIUS et JEAN RENARD, ensemble.

Lequel ?

GABRIEL.

Ce doublement bon m'a fait interdire *Fructidor*, une pièce toute d'esprit frondeur et dans la manière d'Aristophane, craignant de me voir brûler dans un four théâtral. Ce charlatan, prenant mon ours pour une muscade, s'est servi d'un mauvais Goblet de province pour l'escamoter.

SIMPHORIUS.

C'est d'un ami sincère !

GABRIEL.

Comme tu me dis cela ?

JEAN RENARD.

Oh ! comme il le pense.

GABRIEL.

Noble cœur !

JEAN RENARD.

Tu n'as pas protesté dans ton journal contre cette interdiction ?

GABRIEL.

A quoi bon ? le bruit causé dans le Landerneau littéraire aurait peut-être pu lui faire perdre sa place ; Turkestan a de la famille, ses enfants ne sont pas cause de la nullité de leur père.

SIMPHORIUS.

Alors c'est que ton ours ne valait pas grand chose.

GABRIEL.

Pourquoi ces épigrammes ? mes succès, bien modestes pourtant, te porteraient-ils ombrage ? Je ne te croyais pas si... poète que cela. (Tristement) D'ailleurs je ne suis pas à envier, si l'on connaissait le fond de ma pensée.

JEAN RENARD.

Comment ! toi, si gai naguère, je ne te reconnais pas.

GABRIEL.

Tu n'es pas le premier, mon père naturel, gros bourgeois ayant pignons sur boulevard et fûts d'alcool plein l'entrepôt de Bercy, lui non plus ne m'a jamais reconnu.

JEAN RENARD.

Tu fais des mots bien tristes.

GABRIEL.

Des maux sans remèdes.

SIMPHORIUS.

Comme tout ça sent... l'huile de ricin. Purge-toi Gabriel.

(Gabriel hausse dédaigneusement les épaules et ne répond pas).

BAPTISTE.

C'est beau l'union des lettres ! Je vais me montrer, sans quoi ces trois écrivailleurs se mangeraient le nez.

(Il s'avance, le cigare à la bouche, tout en chantonnant et se bute dans Simphorius qui secoue la manche de son habit après le choc reçu). — (D'un ton rogue) Vous pourriez bien dire : Excusez !

SIMPHORIUS, interloqué.

Monsieur, je vous prie d'agréer mes excuses.

BAPTISTE, très digne.

C'est bien, jeune homme, l'affaire n'aura pas de
suites.

JEAN RENARD, à part.

Complet, ce domestique ! Et cet idiot de Simphorius qui lui fait des excuses. (Il rit) Ah ! ah !! ah !!!

GABRIEL, à part.

Mon cœur se brise, je ne puis rester plus longtemps. (Haut et prenant son chapeau) Je dois être au
quartier latin vers onze heures pour une affaire
d'honneur. (Serrant la main de Jean Renard) Adieu !
(Baptiste lui tend la main, il la lui serre et sort aussitôt).

JEAN RENARD.

Ce garçon finira mal.

SIMPHORIUS.

Peu m'importe ! pourvu qu'il finisse bientôt.

JEAN RENARD, à part et regardant Simphorius.

Il doit y avoir quelque femme là-dessous. Morisard avait raison. (S'adressant à Baptiste qui époussette
les deux chapeaux restants) Mademoiselle Clara Démolis
est-elle visible ?

BAPTISTE.

Mes regrets, monsieur, ma maîtresse est au bois.

JEAN RENARD, donnant sa carte et prenant son chapeau.

Alors je reviendrai.

BAPTISTE continuant à épousseter le chapeau
sur la tête de J. Renard.

Tenez ! encore une petite tache. Vous ne devez
pas le brosser tous les jours votre gibus...

JEAN RENARD, regardant Baptiste en haussant
les épaules, à part.

La valetaille devient d'une impertinence... (Haut et
serrant la main de Simphorius). Je te quitte, mon éditeur m'attend vers midi et je suis loin du passage Choiseul. Au revoir.

SIMPHORIUS

Adieu ! (Jean Renard sort aussitôt le mot : Adieu, à part).
Il a bien de la chance d'être attendu par son éditeur,
j'attends toujours le mien qui ne vient jamais.

Heureusement qu'Angèle va me remettre mille
francs pour mon premier volume ; nous défalque-
rons ça sur le contrat de mariage.

A propos d'Angèle ; ce Gabriel devient gênant.

Si je fais ma demande, le père me refusera car
je suis sans le sou, pourtant il n'est que ce mariage
qui puisse me faire entrer à l'académie. Avec un
beau-père ministre on franchit bien des portes.

Allons ! je vais l'enlever pas plus tard que demain, la petite est toquée de moi et me suivra partout. J'enverrai ma demande par dessus la frontière.
C'est vieux jeu, mais ça réussit toujours. (A Baptiste,
qui lui tend son chapeau). Je ne pars pas. Allez dire à
mademoiselle Angèle que son professeur de poésie
l'attend ici.

BAPTISTE, en se reculant vers la porte.

Tiens ! il paraît que l'on apprend à faire de la
poésie comme des boutons au crochet ; je croyais
pourtant que ça venait de nature. Mais l'on apprend
tant de choses aujourd'hui... (Il sort).

SIMPHORIUS, seul.

Angèle va venir, composons notre visage. Je
dois paraître triste et tâcher de la faire mordre au
désespoir. Attention ! la voici.

SCÈNE X

ANGÈLE, SIMPHORIUS.

ANGÈLE, sitôt son entrée

Oh ! quelle fumée, l'on ne s'y voit plus et cette

odeur de tabac me suffoque. Je n'aimerai jamais un fumeur.

SIMPHORIUS, lui prenant la main.

Je me doutais bien que l'odeur du tabac vous incommoderait, j'en ai fait l'observation à monsieur Gabriel Campagne, qui m'a répondu ne pouvoir se passer de fumer.

ANGÈLE.

Pauvre garçon, je l'excuse de grand cœur.

SIMPHORIUS, à part.

J'ai manqué mon coup.

ANGÈLE, lui prenant la main et le contemplant
amoureusement.

Bonjour mon beau poète ! comment allez-vous ce matin ?

SIMPHORIUS, prenant un air triste.

Mal, très mal, ma bonne petite Angèle, mais c'est plutôt moral que physique.

ANGÈLE, d'un ton très doux.

Vous souffrez moralement ; puis-je quelque chose pour calmer votre douleur ?

SIMPHORIUS, l'enlaçant et lui prenant un baiser.

Vous pouvez tout ! la vie m'est impossible sans vous que j'adore et je crains que vous me soyez ravie.

Voilà ce qui cause mon désespoir.

ANGÈLE.

Bon Simphorius ! j'en suis désolée, demandez ma main à mon père.

SIMPHORIUS, d'un air désespéré.

Il ne voudra pas me l'accorder maintenant. Je l'ai tâté à cet égard ; ma pauvreté est un abîme entre nous.

ANGÈLE.

Comment faire?

SIMPHORIUS.

Me suivre en Suisse, où nous pourrons vivre comme deux tourtereaux dans le même nid.

ANGÈLE, comme effrayée.

Oh ! non, jamais ! Simphorius, malgré mon amour je ne ferai jamais cela.

SIMPHORIUS, désespéré de son échec.

Je savais bien que vous ne m'aimiez pas ! A quoi bon vivre maintenant que je n'ai plus d'amour?... (lui prenant les mains et simulant des sanglots). Adieu An-gèle! songez quelquefois à celui dont vous aurez causé la mort.

ANGÈLE, se sacrifiant pour son adoré.

Mourir ! vous ! mon Simphorius ! mais je ne veux pas ! Ces beaux yeux se fermeraient? Ces lèvres cesseraient de murmurer ces beaux vers qui me ravissent? Oh! non ! Je ne suis pas cruelle à ce point; disposez de moi, je suis à vous.

SIMPHORIUS, à part.

Je triomphe ! (Haut). Ce soir, huit heures, gare de l'Est, je vous attendrai. Le rapide nous empor-tera sur les bords du lac Léman qui réfléchira nos gracieux portraits.

ANGÈLE, lui donnant un baiser.

J'y serai. Maintenant, lisez-moi votre dernier sonnet. (lui donnant un billet de banque). A propos de sonnets, voici mille francs pour faire éditer votre premier volume.

SIMPHORIUS, joyeux.

Merci, Je vous le dédierai.

ANGÈLE, à part pendant que Simphorius tire un
papier de sa poche.

C'est bien grave ce que je vais faire là. Je serai
à jamais perdue aux yeux du monde imbécile et
jaloux ; mais je ne puis pas en désespérer deux
dans la même journée.

BAPTISTE, ayant écouté à la porte la fin de l'entretien.

La petite lui donne de l'argent pour son bouquin,
et se laisse enlever plus facilement qu'un ballon di-
rigeable. Roublard de Simphorius ! qui devinerait
ça sous son air bête. Bah ! tant mieux après tout.
Cela m'en fera une de moins à servir.

SCÈNE XI.

LES MÊMES, ALICE, CLARA.

Les deux sœurs entrent par la droite et s'arrêtent très étonnées
à quelque distance des amoureux.

CLARA, s'adressant à sa sœur Alice.

Monsieur Simphorius Roucoul auprès de sa tour-
terelle.

ALICE, à Clara.

Mais... ma chère petite sœur n'a pas l'air de
s'ennuyer avec son professeur.

SIMPHORIUS, lisant.

Volupté !

CLARA, toujours à sa sœur Alice.

Oh ! oh ! un titre qui promet. Gare à tes oreilles.

SIMPHORIUS.

Viens bel ange aux yeux bleus t'étendre sur la mousse,
Sous les nids emplumés, à la face du ciel ;
Altéré de plaisir je noierai tout mon fiel
En buvant sur ta peau la moiteur si douce.

C'est le doux Cupidon qui dans mes bras te pousse
Pour t'y griser de nard, d'ambroisie et de miel ;
Tu seras bien heureuse et du péché véniel
Je lirai le rappel sur ta gente frimousse.

Brûlant de mes baisers tes bouts de seins rosés
Puis tes signes secrets si follement posés,
Je nourrirai ta chair de bonheur affamée.

Oui, je veux, cher trésor, te garder jusqu'au jour
Te voir, la lèvre en feu, frémissante et pâmée,
Onduler ton beau corps dans un spasme d'amour !

CLARA.

Fi ! quelle horreur ! C'est du sadisme tout pur.

ALICE, ironiquement.

C'est beau la poésie, mais ça m'endort.

CLARA,

Terminons ce duo qui n'a déjà que trop duré.
Elle parle bas à sa sœur Alice qui va discrètement ouvrir
le piano.

SIMPHORIUS, se jetant aux pieds d'Angèle qui l'embrasse,
Mon rêve le plus beau se trouve réalisé. Grâce à toi, mon Angèle, je nage dans un océan de bonheur.

CLARA, à part.

Je nage ! ce poète aurait-il des écailles ? (S'approchant. Mais non cependant, je crois plutôt qu'il barbotte. (Elle fait un signe et le piano mugit sous les doigts d'Alice ; les deux amants se lèvent très surpris. S'adressant à Simphorius). Comment, c'est vous, monsieur Simphorius ? Je vous prenais pour le pédicure. Excusez-moi, je vous prie.

SIMPHORIUS.

Vous l'êtes d'avance, Mademoiselle.

CLARA.

Que faisiez-vous donc aux pieds de ma sœur ?

SIMPHORIUS, faisant un signe d'intelligence à Angèle.

Je récitais à ma charmante élève une scène de Faust à Marguerite.

CLARA, railleuse.

Vous étiez entré dans le personnage avec une telle chaleur qu'Alice vous prenait pour un cabotin.

ALICE, vivement.

De province... Jamais je n'en vis à Paris.

SIMPHORIUS, à part.

Comme c'est aimable de la part de cette boulotte.

CLARA, méchamment.

Vous êtes consciencieux comme professeur. Enseigner la déclamation pour deux francs le cachet. (Angèle relisant le sonnet n'écoute pas la conversation).

ALICE, d'un ton moqueur.

Notre père place bien son argent.

SIMPHORIUS, à part.

Ces deux vipères en sont pour leurs frais ; je me moque bien de leurs railleries. D'ailleurs, je prendrai ma revanche quand je serai de la famille. (haut). Ma leçon orale étant terminée, je vais revoir les compositions écrites.

CLARA.

Angèle improvise-t-elle déjà?

SIMPHORIUS.

Mon élève me fait honneur et compose déjà des ballades à la lune.

ALICE.

Comment ! déjà ?

CLARA, ironiquement et à part.

Que de malades sous la lune ! (haut). Mes compliments, monsieur, notre père sera très enchanté lorsqu'il apprendra ces progrès. A propos, et vos cent sonnets chantent-ils toujours ?

SIMPHORIUS.

Mon Dieu, Mademoiselle, je n'attends plus qu'un éditeur.

CLARA

Rien que cela. Vous l'attendrez longtemps !

SIMPHORIUS.

N'est-il pas un poète qui, pour la forme, osa garder son drame quarante-deux années en portefeuille !

CLARA.

Les poètes sont patients.

SIMPHORIUS, fièrement.

D'ailleurs, je puis faire éditer le volume à mes frais.

CLARA.

Vos cachets à deux francs vous permettent?

SIMPHORIUS.

Je suis économe.

CLARA, moqueusement.

Econome ! mon père vous placera dans un hôpital.

SIMPHORIUS, sans répondre à la raillerie.

Maintenant j'ai terminé mon livre ayant pour titre : De l'influence de l'hiatus sur la poésie païenne. Ce travail manquait à notre littérature. Ce sera le couronnement de l'édifice littéraire de la France.

CLARA, finement.

Vous êtes modeste, Monsieur, pour un si grand génie. (Baptiste se montre à la porte).

SIMPHORIUS.

J'ose espérer qu'un fauteuil à l'institut sera le prix de mes travaux.

ALICE, d'un ton railleur.

Ce sera justice.

CLARA, à part.

Pour un poseur, celui-là est coulé d'un seul jet.
(haut). Vous nous convierez à votre réception ?

SIMPHORIUS.

Je ne saurais y manquer.

CLARA.

Nous prendrons quelques bocks pendant votre
discours.

SIMPHORIUS, étonné.

Mais on ne consomme pas de boissons à l'académie.

CLARA.

Pardon, je sais fort bien que l'on y consomme.

SIMPHORIUS.

De quelle académie me parlez-vous donc ?

CLARA.

Mais de celle où vous êtes digne d'entrer, parbleu !
qui tient ses séances au *Chat noir !*

BAPTISTE, de la porte.

Je fais école. (Il disparaît).

SIMPHORIUS.

J'ai trop d'esprit pour me fâcher de vos railleries.

CLARA, haussant les épaules et s'adressant à Angèle.

Angèle, laisse Monsieur corriger seul tes cahiers,
puis viens avec nous. Le couturier attend pour essayer nos nouvelles robes. (A Simphorius). Futur
immortel, je vous salue.

ALICE, en faisant une moqueuse révérence.

Au savantissime Simphorius, salut.

Angèle donne une poignée de main au poète et toutes trois
sortent par le fond.

SIMPHORIUS.

Ces deux péronelles sont-elles assez mal élevées.
(Regardant les cahiers). Ces vers ne manquent pas de

lyrisme, mais sont inégaux. Je parachèverai l'éduca-
tion poétique d'Angèle dans un châlet de l'Helvétie.
(Il prend son chapeau et sort par la gauche).

SCÈNE XII

ALICE, CLARA.
(Les deux sœurs entrent par la droite).

CLARA.

As-tu vu ce Simphorius se déclarant à cette pé·
core d'Angèle dans un mirifique sonnet !

ALICE.

Comment appelles-tu ça? Une sonnette? C'était
très bien !

CLARA.

Il l'aura copié quelque part. Je le sais rétif à l'in-
spiration.

ALICE.

Si ce poète chevelu m'en récitait un pareil, dáns
un boudoir, je ne répondrais pas de moi.

CLARA.

Je ne répondrais pas d'Angèle; son rimailleur lui
a donné dans l'œil.

ALICE.

Il pourrait l'enlever s'il était moins naïf; mais ce
simple n'osera jamais. Oh ! si j'étais homme; Angèle ne pèserait pas lourd.

CLARA.

Ça ne fait rien; d'ici quelques jours j'avertirai
notre père. Je le sais adversaire du scrutin d'arron-
dissement, chez lui surtout.

ALICE, Baptiste se montre à la porte.

En parlant de notre père, as-tu remarqué comme
il devient triste ?

CLARA.

La politique seule en est cause, lui, si primesautier, si causant, devient banal et froid. L'on s'aperçoit par son silence qu'il est entré dans la peau du ministre.

ALICE.

En effet, notre père est tout oreilles.

BAPTISTE, criant de la porte.

Les oreilles du roi Mydas ! (Il disparaît).
(Toutes deux se retournent en vain).

ALICE.

Qu'a donc ce domestique ?

CLARA, haut et l'air étonné.

Je ne sais. (A part.) Ce railleur est complet ; il ne lui manquait plus que la mythologie. Heureusement qu'Alice n'y comprend rien. (Après une très légère pause.) Voici le résultat de l'instruction obligatoire.

SCÈNE XIII

LES MÊMES, BAPTISTE.

BAPTISTE, apportant une lettre sur un plateau.

Mademoiselle Clara Démolis.

CLARA, s'adressant à Baptiste en déchirant l'enveloppe.

Désormais je vous fais grâce d'annoncer le nom de famille ; je le connais...

BAPTISTE, à part.

C'est dommage ! Je prenais plaisir à crier ce ravissant patronymique.

CLARA, ayant lu sans apparente émotion.

Oh ! mon fiancé Raoul de Prony qui vient de mourir !

ALICE.

Ah ! ce pauvre duc !

CLARA.

Un si brillant cavalier, le perdre si jeune. Ces choses-là n'arrivent qu'à moi.

ALICE.

Ne te désole pas ainsi, ma bonne Clara ; il faut te faire une raison.

CLARA.

Si notre père ne s'était pas afflché libre-penseur, jadis, avant d'être ministre, j'entrerais au couvent pour une quinzaine.

ALICE.

D'années ?

CLARA.

Mais non, de jours !

ALICE.

J'ai lu que les châtelaines entraient en religion pour la vie lorsqu'elles perdaient leurs chevaliers.

BAPTISTE, à part et vivement.

Nous remontons au Roman de la Rose.

CLARA, répondant à sa sœur.

Parce que c'était la mode en ce temps-là. Dans notre siècle de vapeur et de téléphone l'on apprend et l'on oublie bien plus vite que ça !

ALICE.

Vraiment ?

CLARA.

Tu n'as donc pas lu : *Autour du Mariage?*

ALICE.

Non, je l'avoue.

CLARA.

C'est un tort ! Tu en es encore aux berquinades ; je me charge de te déniaiser.

BAPTISTE, à part.

Je ne lui confieraí pas ma sœur !.

ALICE.

Tu l'aimais donc bien ce Raoul de Prony ?

CLARA.

Petite sotte ! Ai-je donc une tête à aimer quelqu'un ? Je l'avais distingué, voilà tout.

ALICE.

Et pourquoi lui plutôt qu'un autre ?

CLARA.

A cause de son nom d'abord, qui eût fait très bien
sur mes cartes : Duchesse Raoul de Prony.

BAPTISTE, à part.

Mince de blason !

CLARA, continuant.

Puis ses gilets en cœur et ses chaussures pointues
faisaient fureur. Une actrice, qui n'était point cabo-
tine jusqu'au bout, s'était suicidée pour lui. Raoul
au lieu d'en éprouver du chagrin avait dansé sur la
fosse encore ouverte ; le cercueil de l'amoureuse lui
servait de piédestal.

Toutes les femmes brûlaient de passer une heure
dans son fumoir. Il s'en servait comme de ses chevaux, les cravachait et les mettait à la porte sans
plus de façons. Enfin il avait tout ce qui constitue
un jeune homme très bien ; ne fréquentant que le
monde « pchut » et les assemblées les plus « bécarre ».

BAPTISTE, à part et très vite.

Pourquoi pas bécasse ?

CLARA, continuant.

C'est pourquoi je l'avais distingué.

ALICE.

Tu es jeune et belle, un autre se présentera.

CLARA.

Assez de sentiment ! Raoul n'est plus, je veux
épouser des millions !

BAPTISTE.

C'est un joli démon, coquet et l'air moqueur,
Ayant une cassette à la place du cœur.

CLARA, s'adressant à Baptiste.

Auriez-vous l'audace de me critiquer ?

BAPTISTE.

Moi ? pas le moins du monde ! Je récitais deux
vers du drame d'un de mes amis.

CLARA.

Comment ! vous avez des amis qui font des drames ?

BAPTISTE, s'inclinant légèrement.

Et des ennemis qui jouent la comédie.

CLARA, à part.

Avoir le dernier mot est une chimère avec ce gar-
çon-là.

ALICE, s'adressant à Baptiste.

A-t-on apporté les fruits glacés ?

BAPTISTE.

Oui Mademoiselle.

ALICE, joyeuse.

Oh ! je vais y goûter. (Elle sort vivement.)

CLARA, à part.

Baptiste avait raison. Sa vie toute entière tiendrait dans un pot de confitures.

BAPTISTE, réfléchissant tout haut.

Les uns gâchent le superflu quand les autres
manquent du nécessaire ! Egalité, tu n'es qu'un mot !

CLARA.

Pas de phrases subversives, Baptiste, si vous
tenez à rester mon ami.

BAPTISTE, à part.

A l'instar du roi de Pologne, quand cette fille a
mangé, tous les Français ont le ventre plein. (Haut.)
Je tâcherai d'être muet devant les sourds, mais c'est

plus fort que moi. Les bourgeois ont un singulier pouvoir ; ils s'engraissent et m'aigrissent tout à la fois.

CLARA, d'un ton moqueur.

Toute puissance du capital ! (Un coup de sonnette retentit).

BAPTISTE.

On a sonné.

CLARA.

Allez reconnaître ce visiteur. (Baptiste sort.) Ce garçon m'amuse par son esprit, mais s'il se met à philosopher ça gâtera mon plaisir.

SCÈNE XIV

CLARA, BAPTISTE, GABRIEL.

BAPTISTE, portant la carte de Gabriel.

C'est le nouveau cuisinier. Je vous le recommande, il est déjà venu ce matin.

CLARA, lisant.

Gabriel Campagne.
Socialiste.

(A part.) Ah ! Ah ! c'est le joli monsieur qui cramponne si fort Angèle au lieu de me faire la cour, à moi qui l'ai remarqué ; c'est rendre un service à ma poétique petite sœur que de l'en débarrasser à mon profit. (S'adressant à Baptiste). Faites entrer, puis laissez-nous.

BAPTISTE.

Mademoiselle ne veut pas que je sache le chiffre de ses gages ? (Clara sourit mais ne répond pas). (Introduisant Gabriel). Soyez sans crainte, allez-y carrément ; j'ai parlé pour vous. (Il sort).

GABRIEL, s'inclinant devant Clara.

Ne pourrais-je parler à Melle Angèle ?

CLARA.

Ma sœur est sortie pour vous, Monsieur, mais elle m'a priée de la remplacer (Gabriel s'incline pour la seconde fois). Ce monsieur qui s'intitule : Ecrivain socialiste, m'a-t-elle chargée de vous dire, me fatigue de ses assiduités ; je ne sais comment faire pour m'en débarrasser.

GABRIEL.

En elle j'ai mis toute mon espérance, toute ma vie !

CLARA.

Mais il est d'autres jeunes filles.

GABRIEL.

Qui ne la valent certes pas.

CLARA, à part.

Merci. (Haut) Lorsque tu lui auras fait connaître ma détermination de ne plus le revoir, ce gêneur te débitera quelque élégie ; mais avertis-le que je suis blasée de la : Comédie humaine du trop Honoré de Balzac. Libre à lui de jouer les Lucien de Rubempré ; mais moi, qui ne puis le souffrir, je ne serai jamais une madame Bargeton, encore moins une Esther Gobseck se dévouant pour un plumitif peu délicat.

GABRIEL.

Oh ! la cruelle !

CLARA, continuant.

Je ne suis que l'écho des bruits qui circulent sur son compte et que pour ma part je crois fondés.

GABRIEL.

Que lui ai je donc fait pour m'insulter ainsi ?

CLARA.

Vous l'ennuyez, tandis qu'une autre jeune femme qui la touche de près serait très heureuse de vos hommages.

GABRIEL, résolument.

Je ne puis et ne veux aimer d'autre femme !

CLARA, à part.

Oh ! il me dédaigne et ne veut pas être à moi !
(Haut et d'un ton furieux) Sortez de cette maison, Monsieur, et n'y reparaissez jamais ! sans quoi je vous
fais éconduire par les domestiques !

GABRIEL, découragé.

Adieu, Mademoiselle.

CLARA.

Au diable, Monsieur !

GABRIEL.

Je pars pour ne jamais revenir.

CLARA.

Tant mieux ! je suis au regret que vous n'ayez
commencé par là !

GABRIEL, sortant un révolver.

J'avais deux amours, Angèle et la Révolution ;
Angèle me méprise, le peuple est trop lâche pour
s'affranchir ! Il presse la détente et tombe aussitôt.

CLARA.

Ah ! je l'ai perdu en voulant le conquérir ! (Elle se
penche vers lui et l'embrasse au front. Entendant du bruit).
L'on vient ! dissimulons.

SCÈNE XV

CLARA, ANGÈLE, BAPTISTE.

(Clara se relève vivement et revient à la place qu'elle occu-
pait près du divan avant l'entrée d'Angèle et de Baptiste qui
s'élancent tous deux dans le salon à quelque distance).

CLARA.

Peste soit de l'imbécile ; ne pouvait-il aller se
détruire plus loin !

BAPTISTE, vivement et à part.

Oh! je le vengerai! (Haut). Mon ami le cuisinier s'est fait sauter comme un simple lapin ! (S'adressant à Clara et lui lançant un regard mauvais).
Vous ne vous êtes pas entendus pour le prix ?
(Clara ne répond pas).

ANGÈLE, apercevant le cadavre dès l'entrée.

Ciel! le pauvre garçon, c'est moi qui l'ai tué !
(Elle s'agenouille près de Gabriel et cherche la blessure);·

CLARA, très rageuse.

Allons donc! c'est sa bêtise seule qui l'a tué !
Pourquoi te prenait-il au sérieux !

BAPTISTE, ironiquement.

C'est beau la fraternité !

RIDEAU

FIN DU PREMIER ACTE.

DEUXIÈME ACTE

(La scène représente un cabinet de travail. Ameublement riche à distribuer.

SCÈNE PREMIÈRE

GERMAIN DÉMOLIS, BATISTE RAÏLL.

GERMAIN, en robe de chambre.

Combien de temps durera ce nouveau cabinet? je ne saurais le dire. Mais c'est le dix septième que je forme cette année. Cependant il se trouve des gens pour insinuer que je tiens au pouvoir.

BAPTISTE, apportant une lettre sur un plateau.

Pour monsieur le ministre Germain Démolis:

GERMAIN, lisant tout haut.

Mon gros chou farci. ;

« En vain je t'ai attendu hier dans ce léger pei-
gnoir qui tient si peu et que tu aimes tant.

Je crois savoir le motif de ton absence, car c'est
ce matin que tu devais donner les cinq cent mille
francs pour mon hôtel. Ce manque de parole ne peut
venir que d'un pistolet très dur à la détente. Si tu
persistes dans ce muffisme par trop démocratique je
me verrai forcée de te trahir avec le Duc de la
Fouilleuse.

Je suis pour la vie :

Ta Léda qui ne te fera pas signe avant d'avoir son
hôtel. »

BAPTISTE, vivement, pendant que Germain replie la lettre
à part.

Le prendrait-elle pour Jupiter ?

GERMAIN.

Elle aurait plutôt besoin d'une grammaire Chap-
sal ; quelle orthographe ultra fantaisiste. Boquillon
ne saurait l'imiter.

Enfin, il faudra bien que je m'exécute ; un ministre républicain ne peut se laisser battre par la
noblesse. Je dois trouver cinq cent mille francs sous
les pas d'un ministre ; c'est pourtant plus petit qu'un
cheval. (Poussant un profond soupir). Ah ! ma petite
Léa d'autrefois était moins exigente ; mais devenu
président du conseil je ne pouvais décemment garder la même maîtresse qu'étant simple député. Cette
Léda même avant de me faire signe me plume
comme un simple pigeon.

BAPTISTE.

Je comprends ça, plus le fardeau monte et plus la
grue se fait payer cher.

GERMAIN, étonné de la présence de Baptiste.

Comment ! tu étais là ?

BAPTISTE.

Mais oui ! j'attends la réponse.

GERMAIN.

Alors tu me crois un fardeau pour Léda ?...

BAPTISTE.

Supposez-vous que votre maîtresse trouve un grand plaisir à s'administrer avec un vieux Démolis? car enfin vous êtes vieux, monsieur Démolis.

GERMAIN, rappelant Baptiste au respect.

Baptiste !

BAPTISTE, sur le même ton.

Monsieur !

GERMAIN, furieux.

Insolent ! Jamais un domestique ne m'a parlé de la sorte ! Sors d'ici ! je te chasse !...

BAPTISTE, très calme.

Bien monsieur. Demain je porterai mon roman, écrit sur votre vie publique et privée, à la *Voix du Peuple* ; car je tiens à ce que le peuple vous voie en robe de chambre. Ce sera très drôle !

GERMAIN.

Je t'attaquerai pour diffamation.

BAPTISTE.

C'est justement ce que je désire, afin de faire la lumière plus complète.

GERMAIN.

Je fus mal inspiré le jour où je te pris à mon service ; tu me fais chanter.

BAPTISTE.

Non, je me fortifie dans la position.

GERMAIN.

Oui, je singe quelque peu Androclès.

BAPTISTE, contorsionnant la phrase.

Oui! vous êtes le singe de feu Androclès.

GERMAIN.

Ce romain fut livré aux bêtes féroces et moi je suis livré aux bêtes domestiques.

BAPTISTE.

Il y a une différence.

GERMAIN.

Je ne vois pas laquelle....

BAPTISTE.

Les bêtes féroces eurent pitié de l'esclave qui valait quelque chose et avait du cœur; tandis que les bêtes domestiques n'auront pas pitié de l'homme libre qui ne vaut rien et n'en a pas!

GERMAIN, très en colère.

Raisonnement d'idiot!

BAPTISTE, mécontent.

Démolis que vous êtes! Je suis bachelier ès-lettres, mais je ne fais point parade de mon savoir.

GERMAIN.

Je sais, tu es un de ces déclassés qui rongeront la société, déchirant le sein qui les aura nourris.

BAPTISTE, vivement.

De latin!... C'est peu substantiel.

GERMAIN, fort impatienté.

Brisons!... Il faut être libéral comme je le suis pour discuter si longtemps avec toi,

BAPTISTE, pendant que Germain écrit.

Libéral!... allons donc! avec ceux qui endossent votre livrée, oui, mais avec les autres, les indépendants??

GERMAIN, revenant vers Baptiste.

Je n'aurai jamais le dessus. (Lui remettant le billet). Tiens, va porter cette réponse à l'envoyé de Léda,

BAPTISTE, d'un ton railleur.

Monsieur me reprend à son service ?

GERMAIN.

Cette fois encore.

BAPTISTE.

Alors, c'est que Monsieur est content de moi.

GERMAIN, prenant son parti de raillerie.

Oui, va. Surtout pas un mot de cette lettre à mes filles qui sont déjà trop Louis XV avec moi.

BAPTISTE.

Je serai muet, mais à une condition...

GERMAIN.

Laquelle ? dis vite.

BAPTISTE.

Vous songerez à mon bureau de tabac !

GERMAIN.

Ce sera signé aujourd'hui.

BAPTISTE.

Puis à mes trois places de garde champêtre !

GERMAIN, impatienté.

Mais oui ! va donc !

BAPTISTE, à part.

C'est très drôle ! il signe sur la foi de mes renseignements. Ça fera la quatrième place de garde champêtre que j'enverrai aux écrivains du *Chat noir*. Quand le pot aux roses sera découvert ? Gare-là dessous ! (Il sort.)

GERMAIN, seul.

Comme c'est rose d'être ministre ; non seulement on a sa famille à caser, mais il faut encore songer à celle de ses domestiques.

Ayez donc des principes avec de pareils valets. Ce Baptiste est très drôle mais trop libre avec moi. Je ne puis le renvoyer car je redoute ses indiscrétions ; d'ailleurs Clara le protège sous prétexte qu'il l'amuse énormément. Elle m'avouait, l'autre jour, escuser les épouses légitimes qui passent la frontière dans les bras de leurs cochers.

Ah ! je n'ai pas de chance avec mes filles.

Angèle est partie boire à l'Hippocrène avec Simphorius et voici la dix-septième sommation respectueuse qu'elle m'envoie par dessus la frontière afin d'obtenir mon consentement à son mariage.

Quand à mon Alice, c'est plus grave encore ; ne s'est-elle pas toquée aux eaux, d'Aulus ! un chanteur de café-concert qui lui a fait de l'œil. Mademoiselle parle de monter sur les planches pour être digne de lui ! Quelle horreur !.

Heureusement que j'ai Jean Renard sous la main ; je vais la lui coller au plus tôt.

C'est encore Clara la plus raisonnable ; pas aimante du tout, mais une tête de fer.

BAPTISTE, paraissant à la porte.

(A part.) De fer ? allons donc ! de buis tout au plus !

GERMAIN.

Le gros Saucissemback en raffole ; je vais donner le mot à ma fille pour qu'elle lui soutire quelques millions afin de marier ses deux sœurs.

J'en sortirai tout de même, grâce à quelques expédients, mais qu'importe, je ne me pose pas en Caton.

BAPTISTE, reparaissant à la porte.

(A part). En carton ! (Puis il entre doucement et vient se placer derrière Germain).

GERMAIN, continuant.

Comme ce Dellac, mon ami d'enfance, qui me tourne le dos parce que je suis ministre.

Le contraire des autres, ce quercynois qui choisit

le moment où les ambitieux s'approchent pour s'éloigner. S'il eût voulu, depuis longtemps je l'eusse fait élire député par les électeurs de Tarn-et-Gironde, notre pays.

Je lui demandais simplement de ne pas voter contre moi une fois élu.

Ah ! bien oui ! Monsieur n'a pas voulu s'engager.

Mes principes sont immuables, dit-il, je ne changerai pas ! J'ai bien changé moi ! Qui donc reconnaîtrait dans le pâle girondin d'aujourd'hui le fougueux montagnard d'autrefois ? Pas ambitieux pour deux sous, mon ex-ami veut monter au pouvoir par l'escalier d'honneur !

Comprend-on cela ! Mais si je n'avais pas pris l'escalier de service, moi, tout Démolis que je suis, jamais je ne serais monté si haut.

Mon camarade de collège préfère rester chroniqueur au *Santillane* et faire des livres, non seulement littéraires mais encore de combat, sur lesquels les critiques bourgeois, en bons petits camarades, se gardent bien de dire un seul mot afin qu'ils passent inaperçus.

Et c'est bien fait ! Pourquoi mettre le romantisme au service du socialisme ? Comme si le : *Marchand de fer*, ce roman plein d'honnêteté, ou d'Ohneteté comme l'on voudra, ne suffisait pas à la société contemporaine.

L'on voit tous les jours des écrivains se faire des rentes avec les déshérités, qu'ils plaignent sur leurs livres tout en les méprisant profondément dans la vie privée ; mais lui, non content de chanter les *Va-nu-pieds* dans ses livres, les invite encore à sa table !

Est-ce assez démoc-soc ? De ce moment, parmi les sublimes que Dellac honore de son amitié se trouve un naturel de la Villette. Ce doublement fumiste est d'une sauvagerie à rendre des points aux Iroquois. lorsqu'il arrive chez mon bon Dellac, il crie de la porte : Bonjour tout le monde ! et garde son chapeau sur sa tête ou le jette par terre, dans un coin, comme s'il n'y avait pas de portemanteau, puis s'assied sans causer à personne. La maîtresse de la maison vient vers lui, très gracieuse, et lui demande gentiment :

« Allez-vous quelquefois dans le monde, monsieur un tel ? Il répond de sa voix bourrue : Non ! jamais ! Et pourquoi donc ? ajoute la dame, en reculant apeurée. »

« Parce que l'on y fait trop de grimaces ! » s'écrie-t-il, en jetant des regards fulgurants sur ceux qui se trouvent là et semblant les prendre pour des gorilles échappés d'une ménagerie.

Après cela il s'empare d'un livre et l'apprend par cœur jusqu'au dîner sans s'occuper de ceux qui voudraient jeter un coup d'œil sur le volume nouvellement paru.

A table, ce maroufle ferait honte aux singes savants. Ils se verse de pleins verres de vin sans daigner en offrir à ses voisins puis, ignorant l'usage des pinces à sucre, veut à toute force s'en servir pour casser des noisettes.

Voilà l'ours mal léché que Dellac me préfère, qu'il appelle : Cher Citoyen ! pendant qu'il me nomme : Paillasse ! Sauteur ! et Charlatan !

Pauvre Dellac ! je le plains au nom de notre ancienne amitié. Ce n'est pas avec de telles idées qu'il établira ses filles.

Laissons ce pur, cet incorruptible, se nourrir de principes et courons aux millions. Que le solitaire se confine, s'il veut, dans son ermitage, moi je vais aux palais. Dans la bourgeoisie, des hommes tels que Dellac sont rares; on les salue, tout en se gardant bien de les imiter.

SCÈNE II

GERMAIN, BAPTISTE.

(Germain va pour sonner Baptiste et se cogne dans lui en se retournant)

BAPTISTE, se reculant quelque peu.

C'est affaire à vous d'habiller les anciens amis qui n'ont pas girouetté !

GERMAIN, se frottant le nez endolori par le choc.

Tu étais donc là ?

BAPTISTE, moqueur.

Vous l'avez bien senti que j'étais là. Votre nez est encore tout rouge.

GERMAIN, sans répondre à la dernière phrase.

J'allais te sonner.

BAPTISTE.

J'avais deviné Monsieur le Ministre.

GERMAIN.

Va prévenir mademoiselle Clara que je désire lui parler, puis, pour cette fois, tu te dispenseras d'écouter aux portes.

BAPTISTE.

Pourquoi donc écouterais-je? mademoiselle Clara me rapportera votre entretien. (Il sort).

GERMAIN, après avoir haussé les épaules.

Quelques mots seulement à Clara pour lui faire savoir ce que j'attends d'elle car je suis déjà en retard pour donner audience et me rendre au conseil des ministres.

SCÈNE III

CLARA, GERMAIN.

CLARA, s'avançant vers son père.

Bonjour, cher papa.

GERMAIN, la baisant au front.

Bonjour, ma mignonne, bonjour.

CLARA.

Tu as quelque chose à me dire ?

GERMAIN.

Oui ! et même un service à te demander.

CLARA.

Est-il de première classe ton service ?

GERMAIN.

Sois sérieuse, je te prie, notre avenir est en jeu.

CLARA.

Ce service doit être un enterrement de gaîté, quelque chose comme un mariage ; j'écoute :

GERMAIN.

Tu l'as dit, sans exagération, car il s'agit de trois mariages au lieu d'un. Voici l'affaire dans sa briè-veté : Jean Renard, mon nouveau secrétaire, m'a demandé ta main.

CLARA.

Pauvre chou !

GERMAIN.

Je t'ai laissé la tâche de le refuser ; en disant que : toi seule pouvait lui répondre à ce sujet.

CLARA.

Ça ne sera pas long !

GERMAIN.

Tu le reverseras sur la tête de ta sœur Alice, la-quelle devient d'un placement difficile, surtout depuis sa dernière équipée au casino.

Pour Angèle, Simphorius l'épousera quand nous voudrons ; moyennant toutefois une dot respectable.

Quand à toi, ma chère et belle Clara, je ne t'apprendrai rien de neuf en te disant que : Le gros banquier allemand de Saucissemback se meurt d'amour pour toi depuis le bal de l'Elyséo où tu lui montras tes blanches épaules.

CLARA.

Quel est le chiffre de sa fortune ?

GERMAIN.

Vingt millions réalisés, sans compter ce que lui rapportera le canal de Paris à Yokohama en passant par Tombouctou.

CLARA.

Grâce des pays, je ne suis pas actionnaire.

GERMAIN.

L'acceptes-tu pour époux ?

CLARA.

J'accepte ses millions de grand cœur et me résigne aux conséquences.

GERMAIN, l'embrassant.

Merci ! je n'attendais pas moins de toi ; tu me tires d'un grand embarras car je ne savais où trouver les deux millions qui doivent constituer la dot de tes sœurs.

Je te quitte pour aller m'habiller, pendant ce temps mon secrétaire Jean Renard pourra te conter sa petite affaire et subir un échec. Mais le gaillard n'est pas à plaindre en épousant Alice avec un million et la députation.

Simphorius aura Angèle avec un million et son fauteuil à l'académie. A part Saucissemback, mes gendres seront bien partagés.

CLARA.

Bon père, comme il est gracieux et surtout comme il connait bien sa fille.

GERMAIN.

N'est-ce pas assez de jouer la comédie devant le monde sans encore se déguiser dans l'intimité.

CLARA.

Je ne te retiens plus.

GERMAIN.

A tout à l'heure. Agis à ta guise; mais tâche au moins, ma toute belle, de crocheter ce vieux coffre-fort.

CLARA.

Ne doute pas du résultat, la nature généreuse m'a donné des outils auxquels rien ne peut résister.

GERMAIN, à part.

Charmante!

CLARA.

Sa fortune est à nous.

SCÉNE IV

BAPTISTE, CLARA.

BAPTISTE, à part pendant que sort le ministre.

Ce qu'elle en pince, Monseigneur. Charmant outil pour la haute pègre.

CLARA, l'apercevant.

Ah! mon pauvre Baptiste, nos beaux jours sont passés; je me marie avec le gros Saucissemback.

BAPTISTE.

Les vôtres, c'est possible, pour les miens je ne les vois pas engagés le moins du monde.

CLARA.

Tu prends ça bien légèrement.

BAPTISTE.

Je suis aussi léger que votre Saucissemback est lourd. Vous aurez un rude poids sur... la conscience après le serment de fidélité. Tenez, pour vous y habituer, je vais prendre le baiser des fiançailles (Il s'approche).

CLARA, tendant la joue.

Fais vite, on peut venir.

BAPTISTE, l'embrassant.

C'est frais, c'est blanc, c'est doux ! on dirait du ve...lours.

CLARA.

Impertinent !

BAPTISTE.

Je vais recommencer ! (Il la poursuit et l'embrasse à nouveau).

SCÈNE V

LES MÊMES, JEAN RENARD.

JEAN RENARD, à part, ayant aperçu le flirtage.

Oh ! oh ! je n'aurai que les reliefs de ce laquais ; je ne sais si je dois aller jusqu'au bout. (Réfléchissant). Et pourquoi pas après tout ? Ce n'est pas un mariage d'amour mais une affaire matrimoniale. En épousant, ce n'est pas trop la femme que j'ai en vue mais bien la position. Soyons pratique. (Toussotant pour déceler sa présence.

CLARA, à part et se reculant de Baptiste.

Sapristi ! le gaillard a tout vu (haut). Tiens ! M. Jean Renard.

JEAN RENARD, saluant.

Mademoiselle, monsieur le ministre à qui j'ai demandé votre main m'adresse à vous pour la réponse. Seriez vous assez bonne de prononcer l'arrêt.

BAPTISTE, à part.

A la bonne heure, pas de phrases inutiles ; le bonhomme y va carrément.

CLARA.

Je ne puis me prononcer à la légère : (après une légère pause). Quelle est votre profession, M. Jean Renard ?

JEAN RENARD.

Docteur en droit, avocat près la cour d'appel.

CLARA.

Le droit est-il donc si malade en France, qu'il ait besoin de docteurs ?

JEAN RENARD.

Certainement, le droit des pauvres surtout, depuis que le théâtre est dans le marasme.

BAPTISTE, à part.

Bien repondu..... pour un avocat.

CLARA.

Avez-vous en outre quelques espérances ?

JEAN RENARD, Baptiste s'assied sans façon.

Monsieur votre père me pistonne pour la députation.

CLARA.

Heu ! heu ! le peuple est las des marchands de paroles ; l'article : Avocat, semble avoir cessé de plaire.

JEAN RENARD.

Le peuple se rebelle bien un peu, mais finit toujours par se laisser prendre aux grandes phrases creuses, aux promesses aussi belles que menteuses ; il est si naïf !

BAPTISTE, à part et vivement.

Il est franc celui-là !

JEAN RENARD.

Puis les procès politiques nous sont d'un grand secours ; . sans eux mon ami Lapaix serait encore petit avocat de province. Les pauvres bougres de clients vont au bagne et nous au Corps législatif. C'est justice ! nous ne pouvons pas parler pour rien.

CLARA.

Etes vous orateur ?

JEAN RENARD.

Quelque peu ; je puis parler facilement trois. heures.....

CLARA.

Sans être remonté ?..

JEAN RENARD.

Railleuse !

CLARA.

Bon mouvement.

JEAN RENARD.

Tel quel !

CLARA.

De Genève ou de Besançon ??

JEAN RENARD.

De Toulouse.

CLARA.

Trop de gasconnades à la clef ; d'ailleurs vos vingt cinq francs de traitement comme député, en supposant que vous fussiez élu, ne suffiraient pas à solder ma parfumerie.

JEAN RENARD.

Oh ! mais alors vous êtes le tonneau des Danaïdes !

CLARA, très vexée.

Que vous n'emplirez jamais, mon cher impertinent !

BAPTISTE, à part pendant que Clara mordille son mouchoir.

Il n'est que les avocats et les filles du monde pour avoir de ces images heureuses, de ces expressions recherchées qui sentent leur faubourg d'une lieue.

CLARA, redevenue calme.

Ne nous fâchons pas. Vous êtes un fin, Renard, mais les raisins sont trop verts et bons pour des goujats comme M. de Saucissemback que j'épouse prochainement. Du moment qu'ils sont trop haut pour que vous puissiez les atteindre, cueillez tout prosaïquement ceux qui sont à votre portée. Que pensez-vous de ma sœur Alice ?

JEAN RENARD.

Pas vilaine, mais un peu... popote.

CLARA.

A votre place je l'épouserais. Vous êtes ambitieux comme tous les avocats d'ailleurs, dont Georges Sand écrivit, je crois, qu'il fallait être lâche, stupide ou ambitieux pour prendre la chicane au sérieux ;

BAPTISTE, à part.

Attrape en passant.

CLARA, continuant.

Dans la corbeille vous trouverez un million, une préfecture, ensuite un mandat au corps législatif. C'est là, je crois, l'idéal rêvé par vous et que votre mariage avec ma sœur vous permettra d'atteindre.

JEAN RENARD, à part.

Affaire d'or, et meilleure que je n'espérais !

CLARA.

Maintenant comme Alice est un tantinet gourmande vous ne la laisserez jamais chômer de... confitures ; à ce prix seulement il est possible qu'elle vous restât fidèle. Acceptez-vous ?

JEAN RENARD.

J'accepte !

CLARA.

Vous êtes pratique ; je vous avais bien jugé.

BAPTISTE, à part.

Encore un mariage de baclé ; ce n'est pas plus difficile que ça dans les classes dirigeantes. Qui donc à présent viendra nier la puissance de l'amour. (Haut et s'adressant à Clara). Et moi, belle maîtresse, quand m'aimerez-vous ?

CLARA, souriante et minaudière.

Je t'aime déjà !

JEAN.RENARD.

Pourquoi lui plutôt que moi ?

CLARA.

Parce qu'il a de l'esprit et surtout parce qu'il ne me demandera pas en mariage.

BAPTISTE.

Mademoiselle est libre échangiste en matière amoureuse et lorsqu'elle signe des traités de commerce en ce sens c'est contrainte et forcée, bien décidée d'avance à les respecter le moins possible.

CLARA.

Bien dit.

BAPTISTE, l'embrassant.

Je prends un baiser.

JEAN RENARD.

Vous êtes un Don Juan de cuisine.

BAPTISTE.

De cuisine, est de trop.

SCÈNE VI

LES MÊMES, GERMAIN DÉMOLIS.

BAPTISTE, sitôt l'entrée du ministre qui porte au cou la croix de commandeur.

Allons bon ! voici déjà le commandeur.

4

CLARA.

Heureusement pour toi qu'il n'est pas en pierre.

JEAN RENARD.

Il n'est qu'en ministre.

BAPTISTE.

C'est trois degrés de plus qu'en plâtre.

GERMAIN, qui a tout entendu.

Un mot de plus et je te chasse !

BAPTISTE, à part et vivement.

Pot !

GERMAIN, souriant et l'air bonhomme.

Eh bien ! mes enfants ?

CLARA.

Monsieur Jean Renard épouse ma sœur Alice dont j'ai préalablement obtenu le consentement.

GERMAIN.

Allons, tout est pour le mieux ! Saucissemback va venir aujourd'hui demander ta main que je lui accorderai de grand cœur. Je vais écrire à Angèle de revenir, la villégiature chez sa tante ayant assez duré.

Simphorius me l'a demandée en mariage, nous ferons les trois noces le même jour.

Ce fut toujours mon rêve de me voir débarrassé de mes trois diablesses de filles d'un seul coup !

Maintenant, mon futur gendre, songeons aux affaires.

CLARA, pendant qu'ils s'asseyent tous les deux.

A tout à l'heure, mon père, je vais m'habiller, tu me feras prévenir dès que M. de Saucissemback sera venu.

GERMAIN.

Oui ! c'est ça, va faire un tantinet de toilette pour prendre d'assaut ton futur époux et ses respectables millions. (Clara sort par la droite avec Baptiste).

JEAN RENARD.

Commençons par ce dossier : Demande d'urgence et déclaration d'utilité publique. Projet pour le remplacement du bois dans le pavage des rues de Paris par du caoutchouc vulcanisé.

GERMAIN.

Repoussez ce projet comme étant trop élastique.

JEAN RENARD.

On offre un million à M. le ministre pour faire adopter le projet au corps législatif.

GERMAIN.

Quelle audace! proposer un million de francs à un ministre de la République ! C'est à peine si l'on aurait un ministre de l'Empire pour ce prix-là. Vite une lettre au procureur de la République pour dénoncer cet outrage; ça nous posera devant l'opinion comme un ministre incorruptible.

JEAN RENARD, lui passant un papier.

Ce n'est pas fini.

GERMAIN, lisant.

Qu'est-ce encore? Décidément c'est trop fort! nouvelle tentative de corruption ! Au moins celui-ci est plus poli en m'estimant trois millions; mais tant pis pour lui, dénoncé comme l'autre paltoquet! (Il écrit une seconde missive et sonne aussitôt). (Baptiste paraît). Remets ces deux plis au courrier et dis lui de les porter au Palais de Justice.

BAPTISTE, à part en se retirant.

Tiens ! il paraît que la justice existe en France ; je l'ignorais. (Il sort).

GERMAIN, à part.

C'est égal, ce que je fais là est bien beau, mais point pratique du tout. Ce n'est pas avec ces théories que je paierai l'hôtel de ma jolie Léda. J'aurais dû m'en tenir à la première dénonciation qui ne portait que sur un million de francs; imitant ce voyageur qui déclare ostensiblement deux cigares à la Douane pour mieux passer une montre en or. (Haut et s'adressant à Jean Renard). Que dites-vous de mes deux dénonciations?

JEAN RENARD.

Je n'en suis point partisan; le peuple ne doit pas croire possible ces tentatives de corruption. Par des poursuites vous lui donnez l'éveil.

(Germain sonne Baptiste).

SCÈNE VII

LES MÊMES, BAPTISTE,

GERMAIN, s'adressant à Baptiste qui est entré aussitôt qu'on l'eût sonné).

Le courrier à qui tu as remis les deux lettres est-il parti?

BAPTISTE.

Non Monsieur, le pauvre garçon vient de se casser la jambe.

GERMAIN.

Allons tant mieux ! Rapporte les deux lettres.

BAPTISTE, à part.

Cher maître, la bonté même (il sort).

JEAN RENARD, lisant la suite du dossier.

Société des allumettes ininflammables.

GERMAIN.

Repoussé : les allumettes de la régie n'offrent aucun danger pour les enfants et sont suffisantes pour le moment. (Baptiste rentre et se met en devoir d'épousseter les meubles).

JEAN RENARD, continuant la lecture.

Société coopérative des vidangeurs de la Seine.

GERMAIN.

De la Seine?... je ne voudrais pas être sur le
théâtre de leurs exploits.

JEAN RENARD.

Je suis très étonné que ces utiles travailleurs se
rassemblassent pour former un tout homogène puisqu'ils inscrivent sur leurs voitures : Système divi-
seur.

GERMAIN.

Il faudrait avoir étudié la question pour répondre
utilement ; or, je n'ai jamais mis le nez dans la matière.

BAPTISTE, à part.

Voici des jeux de mots d'un goût... douteux, les
laquais n'oseraient s'y arrêter. (Il sort).

GERMAIN, à Jean Renard.

Déclarez-les d'utilité publique, malgré que nous ne
puissions les sentir. (Jean Renard fait mine d'écrire).

SCÈNE VIII

LES MÊMES, BAPTISTE, M. DE SAUCISSEMBACK,
M. VACREUSANT.

BAPTISTE, annonçant.

M. Fritz de Saucissemback, M. Raoul Vacreusant.

DE SAUCISSEMBACK, s'inclinant.

Mes respects à M. le ministre. (Vacreusant se con-
tente de saluer).

GERMAIN, rendant le salut.

M. de Saucissemback, soyez le bienvenu ; je vais
faire prévenir ma fille Clara. (S'adressant à Baptiste).
Priez Mademoiselle de se rendre ici.

DU SAUCISSEMBACK.

Je vous ai amené l'ingénieur du canal de Paris à
Yokoama en passant par Tombouctou.

GERMAIN, pendant que l'ingénieur s'incline.

Très bien. Justement j'ai terminé le rapport.

SAUCISSEMBACK.

Surtout, appuyez chaudement notre beau projet.

RAOUL VACREUSANT.

Il y va de la grandeur du pays ; de la gloire de la France.

JEAN RENARD, à part.

Ce tartufe prend ses boniments au sérieux !

SAUCISSEMBACK.

Je vous sais incorruptible, mon cher ministre, aussi ne vous offrirai-je rien ; mais, en qualité de futur gendre, je vous prie d'accepter quatre millions dont un pour vous et les trois autres à partager entre vos demoiselles.

GERMAIN, rayonnant.

Je n'ose vous refuser, mais c'est trop de bonté.

AUCISSSEMBACK.

Voici le chèque sur la maison Alphonse de Shylock.

SCÈNE IX

LES MÊMES, BAPTISTE.

BAPTISTE.

Mademoiselle Clara Démolis vient de suite.

GERMAIN.

Alors, il est absolument nécessaire que votre canal passe à Tombouctou ?...

RAOUL VACREUSANT.

Oh ! le tracé n'est pas définitif. Le principal est qu'il passe au... (Semblant chercher) au...

BAPTISTE.

Palais Bourbon !

RAOUL VACREUSANT, se retournant.

Ce garçon a de l'esprit.

JEAN RENARD.

Son père est distillateur !

RAOUL VACREUSANT.

Alors, c'est de l'esprit de vin.

JEAN RENARD.

Ou de betteraves.

BAPTISTE.

Merci messieurs ! vous êtes pleins d'esprit... de bêtes graves.

GERMAIN, sur un ton de vif reproche.

Baptiste !

BAPTISTE, sur le même ton.

Monsieur !

RAOUL VACREUSANT, à part.

Il est un peu libre.

SCÈNE X

LES MÊMES, CLARA.

DE SAUCISSEMBACK, allant à la rencontre de Clara qui entre par la droite.

Mademoiselle ! (Il s'incline).

CLARA, tendant la main à Saucissemback.

Monsieur !

DE SAUCISSEMBACK, lâchant la main de Clara après y avoir mis deux baisers.

J'ai causé avec Monsieur le ministre et voudrais savoir si vous consentez à devenir Mme de Saucissemback.

CLARA.

Vos prévenances m'ont séduite, Cher monsieur, je suis résolue à vous épouser, à tenter l'impossible pour vous rendre heureux, seulement, je pose une condition...

DE SAUCISSEMBACK.

Soyez assez bonne pour me l'indiquer.

CLARA.

Voici : Je suis quelque peu fière, or, ce serait un mortel affront pour moi si le monde insinuait que vous m'avez prise par pitié ; tandis qu'au contraire c'est moi qui me dévoue et sacrifie ma jeunesse pour votre bonheur. Je veux donc, avant la signature du contrat, que vous me versiez quatre millions lesquels constitueront ma dot.

JEAN RENARD, à part.

Mazette ! quelle saignée.

DE SAUCISSEMBACK.

Oh ! Mademoiselle, ma modeste fortune ne me permet pas une telle prodigalité ; d'ailleurs je viens de remettre un chèque de quatre millions à Monsieur votre père.

CLARA.

Je connais l'affaire de Paris à Yokoama ; ce sont quatre millions que vous jetez dans le canal ; je n'ai rien à pêcher dans ces eaux-là.

DE SAUCISSENBACK.

C'est un bonheur payé bien cher.

CLARA.

Vous êtes libre, Monsieur, je dois cependant vous avertir qu'il me faut votre réponse aujourd'hui ; j'en ai une à rendre moi-même au jeune duc de Cerfeuillet, lequel est postulant au même degré que vous.

DE SAUCISSEMBACK, à part.

Sa beauté marmoréenne me rend fou ! je rattraperai sa dot sur les charbonnages marseillais. (Haut et s'adressant à Clara). Je ne m'appartiens plus et ne vis que par vous. Les quatre millions vous seront comptés en actions sur le canal projeté ; ils doubleront en peu de temps.

CLARA.

Comment, mon cher Fritz, laissez-moi vous donner ce nom si doux, vous me seriez infidèle avant le mariage? Ça promet pour plus tard. (Elle simule la bouderie.

DE SAUCISSEMBACK.

Mais... je ne comprends pas?

CLARA,

Pourquoi finasser avec moi? Me croyant naïve, vous cherchez à me tromper, à me donner ma dot en actions; c'est-à-dire, passez moi l'expression, à me promener en bateau sur votre canal.

BAPTISTE, à part.

Ils sont de force tous les deux.

CLARA, continuant.

Fi! le vilain qui ose ourdir un pareil complot contre sa future épouse.

DE SAUCISSEMBACK.

Alors, vous doutez de mes bonnes actions?

CLARA.

Je l'avoue franchement. Conservez-les pour Messieurs les gogos et remplissez-moi un chèque semblable à celui de papa. (Saucissemback va écrire).

GERMAIN, s'adressant à Clara.

(Presque bas). Tiens bon! Clara, tu triomphes...

BAPTISTE, à Clara pendant que Germain va causer avec J. Renard et Vacreusant.

Pauvre vieux, vous lui tenez la dragée haute.

CLARA.

Tais-toi donc, gros bêta; lorsqu'un homme est assez sot pour aimer une femme telle que moi, aura-t-il jamais ce qu'il mérite?

BAPTISTE.

Vous vous rendez justice.

CLARA.

C'est le propre des personnes sensées; or, je suis saine d'esprit.

BAPTISTE.

Tiens! mais j'y songe! si vous êtes Seine, le gros saucisson pourrait bien se noyer dans votre lit!

CLARA.

Tu viendras l'y repêcher.

BAPTISTE.

Je ne me sens pas cet héroïsme.

DE SAUCISSEMBACK, présentant le chèque.

Voici, mon adorée, vous consommez ma ruine, mais mon amour est au-dessus de l'argent. (S'approchant de Clara). Pour acquit je vais prendre un baiser.

CLARA, pendant que Saucissemback s'approche.

Cette liberté vous est permise.

BAPTISTE, à part.

Tu la paies assez cher, gros marsouin!

RAOUL VACREUSANT.

Pardon, M. le ministre, ayant appris que vous possédiez trois charmantes demoiselles, j'ai l'honneur de vous demander la main d'une de ces jeunes personnes.

GERMAIN DÉMOLIS, à part.

Comment! lui aussi? Je croyais que mes filles allaient me rester pour compte, et voilà que je n'en ai pas assez! (Haut et s'adressant à Vacreusant). Cher monsieur Raoul, je suis au désespoir; j'ai à ce point confiance dans votre brillant avenir et dans la réussite de votre entreprise que, si j'avais le bonheur de posséder une quatrième demoiselle, je n'hésiterai pas à la mettre dans le canal en vous la donnant...

BAPTISTE, à part et vivement.

Comme c'est flatteur!

GERMAIN DÉMOLIS, continuant.

Mais, et j'en suis désespéré, mes trois filles sont promises à MM. de Saucissemback, Jean Renard et Simphorius Roucoul, qui vont les épouser prochainement. (Pour consoler Raoul qui semble triste). D'ailleurs, vous trouverez d'autres fiancées, surtout avec un nom comme le vôtre: Raoul Vacreusant! c'est un nom prédestiné pour un ingénieur de canaux.

BAPTISTE, à part et vivement.

De même le nom de Démolis pour un ministre!

SCÈNE XI

LES MÊMES, ALICE.

GERMAIN DÉMOLIS, aussitôt l'entrée d'Alice.

Ah! voici ma charmante Alice. (Tous saluent).

ALICE.

Bonjour mon père, bonjour Clara, bonjour Messieurs!

GERMAIN DÉMOLIS, montrant Jean Renard.

Je te présente ton futur époux, mon ami Jean Renard, avocat près la cour d'appel.

ALICE, s'adressant à Jean Renard.

Monsieur, je suis charmée du choix qu'a fait mon père; heureuse et confiante je mets en vous mon avenir et mon espoir.

JEAN RENARD, s'inclinant.

Mademoiselle, je tenterai l'impossible afin que votre espoir ne fût pas trompé. (Il baise la main qu'Alice lui tend tout en souriant).

DE SAUCISSEMBACK.

Monsieur mon futur beau-frère. Je vous prends pour avocat. Lorsque la Compagnie du Canal de Paris à Yokoama plaidera contre ses actionnaires, et ses obligataires, vous ferez entendre votre éloquente parole en notre faveur!

JEAN RENARD.

J'accepte, Monsieur,

GERMAIN DÉMOLIS, s'adressant à Saucissemback,

Alors, vous supposez que des difficultés surgiront entre la compagnie et ses actionnaires ou obligataires?...

DE SAUCISSEMBACK, philosophiquement.

Dame! l'on ne sait pas. Valeurs à lots s'orthographie de deux manières. Il y a des grincheux partout!

BAPTISTE, à part.

Je ne lui porterai pas mes économies à ce Turcaret là !

CLARA, s'adressant à sa sœur Alice.

Comment trouves-tu ton fiancé?...

ALICE.

Quelconque et très suffisant pour l'usage que j'en ferai. Le principal est qu'il eût assez de surface pour me servir de paravent,

CLARA.

Tu ne pouvais mieux tomber sous ce rapport: Docteur en droit, Avocat près la cour d'appel, futur député, sont trois titres ronflants qui en imposeront aux mauvaises langues bourgeoises. D'ailleurs c'est moi qui te l'ai choisi et je m'y connais quelque peu,

ALICE, pendant que Baptiste fait des espiégleries
sur les chapeaux.

" Merci, ma bonne Clara, je te le retournerai lorsqu'il aura cessé de me plaire.

GERMAIN, à part en regardant sa montre.

Déjà midi! Léda doit m'attendre et s'impatienter (Haut). Messieurs, je suis au regret d'être obligé de vous quitter ; mais la commission nommée à l'effet d'étudier le projet du canal désire me voir avant de déposer son rapport.

DE SAUCISSEMBACK.

Nous comprenons fort bien monsieur le Ministre, et nos vœux, à défaut de nos personnes, l'accompagneront au Corps législatif.

RAOUL VACREUSANT.

Sur son excellence rejaillira la gloire de cette vaste.

BAPTISTE, à part et vivement pendant que Vacreusant
cherche le mot propre.

Flibusterie !

RAOUL VACREUSANT.

Entreprise, grâce à laquelle les naturels du Japon pourront communiquer avec les indigènes de la Place Maubert.

JEAN RENARD, à part.

Enfoncé Mangin ! (Baptiste applique un soleil fait au blanc d'Espagne dans le dos de Saucissemback).

GERMAIN DÉMOLIS.

Soyez persuadés, Messieurs, que j'enlèverai le vote du projet ; dussé-je poser la question de cabinet ; d'ailleurs je serai soutenu par l'amour de mon pays !

Vive la France !

(Tous ensemble sauf Baptiste). Hourrah ! pour le ministère Démolis ! Vive la France ! (Ils se couvrent).

ALICE, à part.

Et les confitures !

BAPTISTE, à part pendant que sortent les assistants.

Dire que tous ces gens là osent se regarder sans rire et crier en chœur : Vive la Fran...an...ance ! dont ils se moquent apparemment.

Farceurs, va !

RIDEAU

FIN DU DEUXIÈME ACTE.

5

TROISIÈME ACTE

La scène représente un jardin. Habitation sur la droite avec perron y donnant accès. Une table et quelques chaises rustiques. Un banc à dossier sur la droite près la maison.

SCÈNE Ire

MARIETTE, BAPTISTE.

MARIETTE, à Baptiste nonchalamment assis sur le banc.
Mademoiselle Angèle revient aujourd'hui avec M. Simphorius ils s'aiment et.....

BAPTISTE, vivement.
Récolteront.

MARIETTE, continuant.
Sont heureux. (Après un soupir). Ah ! ce n'est pas vous, Baptiste, qui m'enlèveriez ainsi?

BAPTISTE.
Non ! je l'avoue.

MARIETTE.
Et pourquoi donc, monsieur l'ingrat ?

BAPTISTE.
Tu es trop lourde !

MARIETTE.
Vous me parliez d'une façon moins sans gêne le jour.....

BAPTISTE, vivement.
Tu te trompes ! c'était la nuit.

MARIETTE.
Où j'oubliai tous mes devoirs pour me donner à vous.

BAPTISTE, souriant.
Ne t'ai-je point payée de retour ?

MARIETTE.

Infâme séducteur! vous me fûtes fidèle jusqu'au matin. A dix heures, j'ai remarqué l'heure fatale, vous me trahissiez en prenant un baiser sur la joue de cette grande déhanchée de Clara: Oh! je me vengerai !

BAPTISTE, sans s'émouvoir.

Libre à toi, ma fille, tue-moi d'un seul coup mais ne m'assassine pas avec ta sentimentalité banale qui sent la cuisine à trois kilomètres.

MARIETTE.

Oui! je sais, vous faites fi de moi, parce que je ne dépense pas mes gages pour l'achat de flacons d'odeur.

Ah! si je me mettais de l'opopanache et du maryland vous pourriez me sentir !

BAPTISTE.

Mariette, tu te perdras dans la parfumerie.

MARIETTE, s'exaltant.

Oh! les hommes! Ce sont tous des misérables!

BAPTISTE.

Viens m'embrasser !...

MARIETTE, l'embrassant.

Méchant! traître! parjure! et dire que je l'aime tout de même! (Elle l'embrasse à nouveau). Je te voudrais pour moi toute seule.

BAPTISTE.

C'est de l'égoïsme ça, Mariette, sache que dans le monde réel, tout comme au théâtre, il est toujours trois femmes pour un mari.

MARIETTE.

Je me ferai difficilement aux hommes en communauté.

BAPTISTE.

C'est pourtant le monde futur. Tout comme la littérature, la cuisine de l'avenir sera sociale ou ne sera pas !

MARIETTE.

Je te pardonne.

BAPTISTE.

Tu as raison; d'ailleurs le cinquième acte n'est pas encore joué.

SCÈNE II

LES MÊMES, CLARA.

Entre Clara qui toussotte pour déceler sa présence. Mariette s'esquive, puis, arrivée près de la porte, se retourne et murmure en menaçant Clara du poing.

BAPTISTE, chantonnant l'air de la Favorite.

Ton amour m'est rendu...

CLARA, lui tapant sur l'épaule.

Tu me fais des traits.

BAPTISTE.

Seriez-vous jalouse?

CLARA.

D'une soubrette? Allons donc !

BAPTISTE.

Vous auriez tort; mon cœur est assez grand pour contenir deux amours à la fois. Je puis vous aimer toutes les deux.

CLARA.

Tu sais, d'ailleurs, que je hais les préjugés dont le monde est imbu. Je veux tous les hommes pour toutes les femmes et réciproquement; pourvu qu'il y ait consentement mutuel.

BAPTISTE.

Ces accouplements tourneraient à la bestialité!

CLARA.

Je no chicanerai pas sur les mots.

BAPTISTE.

Mais... et les enfants résultant de ces unions?

CLARA.

Ils seraient, après l'allaitement, élevés en communauté aux frais de la nation.

BAPTISTE.

Tiens! mais vous êtes une novatrice en matière
amoureuse, une révolutionnaire d'alcôve!

CLARA.

Je ne sais; toutefois je constate que ce serait un
grand pas de fait vers cette égalité dont tu parles
quelquefois. Et je crois me souvenir que la convention, cette grande niveleuse, avait décrété pareille
mesure.

BAPTISTE.

Avec de telles idées, pourquoi vous mariez-vous?...

CLARA.

Pour échapper à la misère relative à laquelle je
suis condamnée chez mon père. La société mal or-
ganisée me force à jouer cette comédie.

BAPTISTE.

Triste comédie, les acteurs ne doivent guère
s'amuser.

CLARA.

C'est ainsi: La femme se rend esclave pour paraître indépendante. Les hommes, quoi qu'ils disent,
sont d'avis de la maintenir en servage.

BAPTISTE.

Je le crois.

CLARA.

D'ailleurs, à part des travaux mal rétribués, dis-
moi ce que peut faire une femme?...

BAPTISTE.

Pas grand chose...

CLARA.

Si tu as servi chez des journalistes, tu as dû remarquer avec quelle intonation de voix, méprisante et jalouse tout à la fois, ils prononcent ces deux mots : Bas bleu ! en désignant les femmes écrivains.

BAPTISTE.

J'adore les savantes
A presser dans leurs bras,
Qui font valoir, charmantes,
Leurs talents sous les draps.

CLARA.

Pensée d'un despote imbécile. Je continue : Le barreau n'est pas accessible aux femmes, d'ailleurs il y a pléthore d'avocassiers comme il y a encombrement de copie sur le marché de la plume ; ce qui fait que beaucoup de journalistes se vendent pour un bout de ruban rouge ; lequel sert pour attacher à l'appendice caudal de ces caniches la casserole ministérielle. J'en puis parler : le cabinet de mon père ne désemplit pas de ces gens-là.

BAPTISTE.

Elles peuvent se faire doctoresses ou professeurs de piano.

CLARA.

Tu dois te souvenir de la réception peu galante et surtout peu fraternelle que firent les étudiants aux deux jeunes femmes reçues à l'internat des hôpitaux. Puis des malheureuses qu'ils fouettèrent à Bullier ; ces lâches ! frappant jusqu'aux crises d'hystérie des filles que leurs pères ont poussées à la prostitution.

Courir le cachet ne rapporte que misère et humiliation. Reste le théâtre : mais certains directeurs ayant affaire à de jolies filles, leur font répéter le rôle des grandes amoureuses, sur un divan, bien avant de les engager.

BAPTISTE, philosophiquement.

Les Bordenaves ont toujours existé.

CLARA.

Puis, je veux tout te dire : parfois je suis amoureuse.

BAPTISTE.

Tiens! tiens ! coquin de Cupidon !

CLARA, continuant.

Mais, comme Jacques Vingtras, je préfère l'amour dans un boudoir chaudement capitonné, voluptueusement parfumé, plutôt que dans un grenier sans feu.

BAPTISTE.

Vous êtes d'un sybaritisme !

CLARA.

Que veux-tu ! Béranger n'a pas su me séduire.

BAPTISTE.

Probablement parce qu'il est trop vieux.

CLARA.

C'est possible.

BAPTISTE.

Alors, vous prenez ce gros allemand pour une tête de turc.

CLARA.

Sans le moindre remords, le bonheur avec moi sera pour lui une chimère qu'il poursuivra toujours sans l'atteindre jamais. Je ne puis le souffrir, s'il m'aime, il mourra !

BAPTISTE.

Vous êtes pourtant la cause, vous si sévère, du suicide de Gabriel Campagne.

CLARA.

J'étais jalouse de ma sœur et furieuse que ce jeune

homme ne m'aimât pas, moi qui l'avais remarqué.

BAPTISTE.

Ah ! j'ignorais cela.

CLARA.

Des trois qui venaient chez nous, Gabriel était le seul qui eût quelque chose dans la poitrine ; les deux autres, le poète et l'avocat, ne sont que des mannequins aussi ambitieux que bien stylés. Bien que ses idées choquassent...

BAPTISTE.

Cocasses.

CLARA.

Si tu me railles quand je parle français, je vais causer en auvergnat !

BAPTISTE.

Continuez.

CLARA.

Je reprends : Bien que ses idées choquassent mes instincts de bourgeoise, je m'étais engouée de lui et voulais le détacher d'Angèle. Cette lèse fraternité ne m'a pas réussi ; j'étais dans un de mes mauvais moments mais ne croyais pas que Gabriel se tuerait. Je regrette sa mort.

BAPTISTE.

Il est bien temps !

CLARA, continuant.

Et me marie quelque peu pour Angèle envers qui j'eus des torts. La dot qu'elle aura, grâce à moi, lui permettra d'épouser Simphorius qu'elle adore.

BAPTISTE.

Tiens ! mais on ferait une pièce assez drôle de tout ça.

CLARA.

Oui ! même je te conseille, quand tu quitteras notre service, de te faire auteur dramatique. Ayant assez d'esprit, avec beaucoup de patience pour tirer la sonnette des directeurs, tu pourras arriver. Au lieu de combattre les armes à la main cette société que tu hais, je le devine, tu la saperas à coups d'épigrammes.

BAPTISTE.

Mais... et la censure ?

CLARA.

Ne t'occupe point d'elle ou tu ne produiras que des âneries. Fais absolument comme si cette institution surannée, dernier rempart des peureux en littérature, n'existait pas.

BAPTISTE.

C'est très commode.

CLARA.

Si tes pièces sont téméraires, ne crains pas de les faire un peu longues ; les ciseaux d'Anastasie t'en couperont toujours assez.

BAPTISTE.

Vous êtes de bon conseil, merci.

CLARA, lisant un volume qu'elle vient d'ouvrir.

Sur le fût
D'un affût
Quel qu'il fût ;
Fort revêche,
Il rêvait
Au duvet
Que revêt
Une pêche.

Voici de l'abracadabrance rimée !

BAPTISTE.

Déliquescences poétiques. C'est le nec plus ultra de l'insenséisme en poésie.

5.

CLARA.

Qui donc produit ces verselets?

BAPTISTE.

Un groupe de jeunes spleeniques réunis sous le pseudonyme collectif d'Adoré Floupette. Poétereaux cherchant à rendre leur ennui contagieux.

CLARA.

Ils y réussissent et doivent avoir une machine pneumatique pour faire le vide dans leurs élucubrations.

BAPTISTE.

C'est la queue de Baudelaire et de Théophile Gautier. Ces blasés de tout et de tous veulent singer des hommes de talent qu'ils n'ont pas compris et sont semblables aux chauves-souris qui chercheraient à s'élever jusqu'au domaine des aigles.

CLARA.

Enfin quel est leur idéal? Où vont-ils?...

BAPTISTE.

Mais ils n'en ont pas et ne vont nulle part! La bourgeoisie parasitaire les a déposés là et ils y restent. Proudhon les fatigue et Darwin les laisse froids. Leur occupation consiste à tout contorsionner; ils appellent cela faire de l'art pour l'art!

CLARA.

Quelle dégénérescence! Si ces jeunes gens m'étaient connus, je leur conseillerais l'achat d'un fonds de charcuterie.

BAPTISTE.

Vous auriez raison! quand l'on n'a rien dans le cœur, rien dans le cerveau, mieux vaut se mettre dans la cochonnerie!

CLARA.

Ce ne sont pas des fanatiques du combat social.

BAPTISTE.

On ne peut leur imputer à crime, tous ces hysté-
riques et ces névrosés sont, comme leur chef, trop
mal armés pour ça.

CLARA, ironiquement.

O Stéphane !

BAPTISTE.

Voici l'heure où votre père va venir, je vous laisse
à votre rôle argenté.

CLARA.

Qui est loin de me séduire pourtant. Il se dégage
du Saucissemback comme un relent de choucroute
qui me porte au cœur.

BAPTISTE, mi-sérieux, mi-moqueur.

Pauvre Clara, je vous plains.

CLARA.

Tu as raison, je suis une fille sans âme ; cependant il est des corvées qui me répugnent.

BAPTISTE.

A tout à l'heure, jolie décrocheuse de millions !
(Il sort par le fond).

CLARA, le regardant partir.

Quel singulier domestique ! Il cause de tout, est
au courant de ce qui vient de paraître, a un pied
dans tous les cénacles et se rebelle comme le premier des insurgés. Le gaillard doit être entré chez
nous pour étudier nos ridicules. Quoi qu'il en soit,
ce Baptiste me plait de plus en plus ; j'en deviens
amoureuse ! ma parole.

Singulière contradiction que celle de s'engouer
de tous les gens qui combattent la classe à laquelle
on appartient. Cela doit cacher un abîme ? — Bah !
tant pis ! le néant est au bout.

SCÉNE III.

CLARA, GERMAIN DÉMOLIS.

GERMAIN, entré par la porte de droite.
Eh bien ! petite, comment vas-tu ce matin ??...

CLARA.
Assez bien, mon père, je te remercie.

GERMAIN.
Tu as encaissé tes quatre millions ?...

CLARA.
Oui ! depuis hier je tiens le magot.

GERMAIN.
Allons tant mieux ! Ça me fait songer aux deux qu'il me faut débourser pour tes sœurs. Ah ! ce Simphorius fut habíle ; je croyais à un flirtage innocent et fermais les yeux pour amuser Angèle, sans me douter que ce professeur à deux francs le cachet me forcerait un jour à lui accorder la main de ma fille son élève. Et toi, Clara, comment trouves-tu ce Symphorius ??

CLARA.
Très intelligent. Dès l'abord je l'avais pris pour un parfait imbécile, vivant dans un monde idéal, dédaigneux de la richesse, mais je dois lui rendre cette justice qu'il a ma œuvré au mieux de ses intérêts. C'est un garçon pratique, je lui rends mon estime.

GERMAIN.
C'est un larron d'honneur !

CLARA
François Villon, lui-même, n'eût-il pas quelques petites peccadilles à se reprocher.

GERMAIN.
C'est vrai ! Tous les pinceurs de lyre ne dédaignent pas la tirelire...

CLARA.

Probablement parce que les deux mots riment ensemble...

GERMAIN.

Et que le sort de Gilbert, de Malfilâtre et d'Hégésippe Moreau n'a rien de séduisant.

SCÈNE IV

LES MÊMES, BAPTISTE.

BAPTISTE, remettant un pli cacheté.

Pour monsieur le Ministre.

GERMAIN, ayant lu.

Encore une pétition pour le métropolitain ! C'est la soixante-dix-septième de cette année.

BAPTISTE.

Je ferai remarquer à monsieur le Ministre que les travailleurs des villes sont mécontents de lui ; trouvant qu'à part le canal dans lequel il est intéressé M. le ministre Démolis néglige trop les travaux publics, pour s'occuper exclusivement de l'agriculture. Les ouvriers vous trouvent trop attaché à la glèbe trop... trop... quelque chose qui fait songer à Parmentier ; je ne me rappelle plus du mot.

GERMAIN, l'aidant.

Homme de terre, peut-être ??

BAPTISTE, vivement.

C'est ça ! trop homme de terre !

CLARA, Germain continue sa lecture.

Encore un mot !

BAPTISTE.

Il n'est pas de moi, je l'ai trouvé dans Robinson.

CLARA.

Tu connais Robinson ??.....

BAPTISTE.

Vous me demandez si je connais Robinson !
Hélas ! c'est dans l'arbre que j'ai cru Zoé.

GERMAIN.

Baptiste, mon ami...

BAPTISTE, vivement.

Je ne suis pas votre ami !

GERMAIN, continuant.

Tu deviens par trop facétieux ; ce n'est pas de
l'esprit qu'il faut aux ministres.

BAPTISTE.

C'est du son !

GERMAIN, Clara pouffe de rire.

Hein ! qu'est-ce à dire ? J'ai entendu un son, or,
mes oreilles ne me trompent jamais.

BAPTISTE, à part.

Elles sont trop grandes pour cela ! (Haut.) C'est un
souvenir de réunion publique qui me passait par la
tête. (Chantant.) Vive le son du canon !

GERMAIN.

Comment ! un refrain révolutionnaire ? La Car-
magnole chez moi ! serais-tu anarchiste ??...

BAPTISTE.

En amour seulement.

CLARA.

Tu m'enseigneras ton système !

BAPTISTE.

Deux baisers le cachet.

CLARA.

Accepté ! quand commencerons-nous ?

BAPTISTE.

Ce soir, chez Brébant, cabinet Nos 13.

CLARA.

Entendu ! ça me fera digérer la visite du Saucissemback.

GERMAIN, on entend le roulement d'une voiture.

Ma fille arrive ! ma fille est arrivée !

CLARA.

Du Bossuet maintenant, mon père deviendrait-il ministre des cultes ?

BAPTISTE, vivement.

Des cultivateurs ! c'est déjà fait.

SCÈNE V

LES MÊMES, DE SAUCISSEMBACK ET JEAN RENARD.

De Saucissemback et Jean Renard entrent brusquement par le fond du Jardin.

JEAN RENARD.

Nous sommes arrivés à temps, juste comme le train entrait en gare.

GERMAIN.

Alors vous ramenez ma fille !..

DE SAUCISSEMBACK.

Accompagnée de M. Symphorius Roucoul, un poète du Midi.

BAPTISTE, à part et vivement.

De Tarascon, tout comme Tartarin.

GERMAIN.

Son fiancé : comment le trouvez-vous ?

JEAN RENARD, haut.

Charmant ! (à part.) Angèle n'est pas difficile.

DE SAUCISSEMBACK.

Charmant ! charmant !! (Courant vers Clara.) Bonjour, ma toute belle, (lui baisant la main,) Bientôt luira ce jour si désiré où seuls, bien seuls...

CLARA, impatientée.

Oh ! Monsieur ! si mon père entendait ! (Elle s'échappe et court recevoir Angèle qui entre très joyeuse suivie de Symphorius chargé de paquets.)

SCÈNE VI

LES MÊMES, ANGÈLE, SIMPHORIUS, ALICE.

(Alice descend au jardin par le perron et court au devant
de sa sœur Angèle).

ANGÈLE, courant vers son père et l'embrassant.

Bonjour papa ! comme je suis heureuse de te voir
en parfaite santé. (S'adressant à sa sœur Alice). Et toi,
ma bonne Alice, m'aimes-tu toujours bien ?

ALICE, souriante et l'embrassant.

Presque autant que les confitures !

BAPTISTE, tendant la main à Symphorius qui la lui donne
en hésitant.

Je vous la serre chaude.

SIMPHORIUS, d'un ton dédaigneux.

Vos fleurs sont pour moi sans parfum.

BAPTISTE, pendant que Simphorius tourne le dos.

Déjà la morgue du parvenu, ça promet.

ANGÈLE, sautant au cou de son père pour la seconde fois.

Oh ! laisse-moi t'embrasser encore ; je t'aime
tant !

GERMAIN, se dégageant doucement.

Voyons, ma petite Angèle, assez d'effusion comme
cela, songe à l'étiquette !

ANGÈLE.

L'étiquette ? Ma foi je l'ai laissée sur le panier
avec les bagages ; d'ailleurs M. Guibollard, l'intro-
ducteur des ambassadeurs, n'est pas là.

GERMAIN, D'un ton mi-sévère à Simphorius.

Dites-moi, monsieur mon futur gendre, savez-vous
bien que votre conduite est loin d'être exemplaire.

Enlever une jeune fille de dix huit ans tombe sous
le coup de la loi. J'avais bien envie de vous faire
arrêter, mais comme le scandale n'eût pas manqué

de rejaillir sur mes filles et sur moi c'est pourquoi je n'en ai rien fait.

BAPTISTE.

Vous pouvez vous flatter de l'avoir échappé belle !

La justice française est très sévère pour les détournements de mineurs, des charbonnages ou d'ailleurs. Les journalistes en savent quelque chose.

Tenez ! dernièrement un malheureux géographe s'était trompé en dressant une carte ; il fut condamné à cinq années d'emprisonnement.

SIMPHORIUS, très effrayé.

Oh ! pourquoi cette excessive sévérité ?

BAPTISTE .

En traçant la Mer noire il avait détourné l'Asie Mineure !

SIMPHORIUS.

Je ne comprends pas ?...

BAPTISTE.

Quelle tête de poète vous avez? Il eut le maximum de la peine parce que l'Asie n'ayant pas l'âge était encore mineure. S'il eût détourné le Lac Majeur les juges l'auraient acquitté !

SIMPHORIUS.

Oh ! les savants sont bien exposés.

BAPTISTE, d'un ton moqueur.

Aux coups de soleil ! c'est vrai.

ANGÈLE.

Quel charmant voyage, si tu savais mon père, nous sommes allés en Suisse d'abord, puis ensuite en Italie. Nous avons visité Pise, Naples, Milan, Turin, Florence, Venise et Rome.

Oh! comme ces villes sont jolies! Rome surtout: là tout est antique, jusqu'aux fleurs que les petites mendiantes viennent vous offrir en égrenant des chapelets. Vive Rome antique !

BAPTISTE, à part et vivement.

Si Flaubert et Zola, le porc-épic de Médan, étaient
là ; quels nez !

ANGÈLE, continuant.

J'ai songé à toi, cher père, je te rapporte de la morta-
delle de Bologne et des œufs de Milan très à la coque.

GERMAIN.

Trop de bonté, ma fille, d'ailleurs tes œufs après
le voyage......

ANGÈLE, vivement.

Sont encore plus frais que ceux de Paris.

(Lui présentant deux œufs) Tiens! mire, beau papa.

GERMAIN.

Mirbeau ! ne prononce pas le nom de cet enfant
terrible ! ça porte malheur.....

ANGÈLE.

J'ai voulu dire: mire-les.

GERMAIN .

Oh ! voyons Angèle, un ministre, mirer des œufs !
Ce soin regarde les domestiques.

ANGÈLE, posant les œufs sur une chaise et Simphorius
son chapeau sur une autre.

Tu en feras d'excellents déjeuners.

GERMAIN, d'un ton bonhomme.

Eh bien ! petite folle, tu dois avoir travaillé la poésie en voyage. As-tu profité des leçons de ton illus-
tre professeur ?

ANGÈLE.

Etonnamment ! d'ailleurs tu vas en juger.

ALICE, remarquant la rotondité de la taille d'Angèle
pendant que celle-ci cherche son carnet.

Intéressante, cette Angèle.

CLARA, souriant malicieusement.

Très intéressante.

BAPTISTE, ayant l'air de la plaindre.

On ne peut plus intéressante.

GERMAIN, surprenant des sourires moqueurs.

Trop intéressante même ; beaucoup trop.

ANGÈLE, ayant retiré un papier de son carnet de voyage.

Ah ! le voici ! Ecoute cela mon père !

GERMAIN.

Je suis tout oreilles.

BAPTISTE, à part.

O ministre !

ANGÈLE, lisant.

A mon petit papa Démolis.

. . . .

Tu me disais : Ma toute belle
Ne va jamais t'apercevoir
Que tout homme à l'esprit rebelle
Lorsqu'il exerce le pouvoir ;
Quand je serai méchant, morose,
Apporte-moi pour m'apaiser
De la douceur dans une rose
Et du soleil dans un baiser.

. . . .

Tu n'avais que des clématites
Pour former de grossiers bouquets
Quand j'effeuillais les marguerites
Au fond des odorants bosquets ;
Oh ! tiens ! je sens couler mes larmes,
Tous les soirs et tous les matins,
Le diable, en butinant mes charmes,
M'y récitait des vers latins.

. . . .

(Baptiste se livre à une mimique expressive).

Ton Angèle est bien innocente,
Cher papa, de ce vilain tour ;
Si je fus désobéissante
Il faut en accuser..... l'amour.

. . . .

Tu recevais un tas de cuistres,
Des sénateurs, des étrangers,
Je m'enivrais aux sons des sistres
Dans le pays des orangers.
Chacun t'abreuvait d'amertume,
D'articles, de pamphlets moqueurs,
Et moi, dans un léger costume,
Je sentais battre deux bons cœurs.

Ah ! certes, je suis hien coupable
Aux yeux du monde médisant;
Aussi, comme amende honorable,
Je veux t'offrir un doux présent.
(Germain se frotte les mains en signe de joie).
Oui, tu seras joyeux j'espère,
La nuit, quand brillera Phébé,
Je te ferai bientôt grand-père
D'un ravissant petit bébé.

Ton Angèle est bien innocente,
Cher papa, de ce vilain tour;
Si je fus désobéissante
Il faut en accuser... l'amour!

CLARA.

Très drôles, ces verselets.

JEAN RENARD, à part.

Un peu risqués pour une demoiselle.

DE SAUCISSEMBACK.

Jolis, très jolis!

BAPTISTE, à part.

Bravo pour l'audacieuse !

GERMAIN, à part.

Ce n'est point banal. L'auteur a quelque chose
dans le ventre.

ANGÈLE, à Germain.

Eh! bien! comment trouves-tu ma poésie?...

GERMAIN.

Comme père, je la trouve mauvaise.

SIMPHORIUS, d'un ton suffisant.

Nous, professeur, la trouvons excellente.

GERMAIN, s'inclinant.

Je n'ai plus qu'à m'incliner. (S'adressant à sa fille).
Par exemple, ma petite Angèle, tu as eu tort de te
presser pour m'offrir un présent; j'aurais bien pa-
tienté quelque peu.

ANGÈLE.

Petit papa, je vais me permettre un conseil et
t'invite à le suivre, tu t'en trouveras bien. En amour,
comme en politique, il faut amnistier le passé, ne
jamais remettre au futur ce que l'on peut faire dans
le présent.

GERMAIN, souriant.

Charmant! Ce sont maintenant les petites filles
qui donnent des conseils aux hommes d'état.

BAPTISTE, à part.

Elle te revendrait de la malice! vieux gaga!

SIMPHORIUS.

Si mon élève a profité, je ne suis pas resté inac-
tif. Vous devez, mon cher ministre, vous souvenir
de mon livre: *De l'influence de l'hiatus sur la poésie païenne;* pour lequel vous m'aviez promis la
décoration.

GERMAIN, lui remettant la croix.

Que voici.

SIMPHORIUS.

C'est justice, merci.

A ce livre j'ai donné un successeur portant comme
titre: *Histoire de la diphtongue et de l'élision depuis*

les temps les plus reculés jusqu'à nos jours. Ce travail va fouiller dans la plus lointaine antiquité, car vous n'ignorez pas que nous, les Français, issus de Francs, fils de Gaulois, d'origine celtique, devons la diphtongue aux Latins qui la tenaient des Grecs, lesquels l'empruntèrent aux Hindous qui eux-mêmes l'avaient prise aux Egyptiens.

ALICE, à part et vivement.

Le voilà qui parle de saindoux ?...

BAPTISTE, à part et très vite.

Quelle friture !

SIMPHORIUS, croyant entendre des murmures.

Certainement ! J'ai traduit un vers d'un poète du temps d'Osiris où se trouve une élision. C'est même cette élision qui, tournée en dérision, sema la division et provoqua la collision qui occasionna la révision et permit à Moïse d'ordonner la circoncision sur les Hébreux afin d'éviter la confusion avec les autres peuples.

GERMAIN.

Ouf !

BAPTISTE, à part.

C'est un dictionnaire de rimes livré au pillage.

CLARA, à part.

L'insupportable fat !

JEAN RENARD, à part.

Simphorius bafouille.

DE SAUCISSEMBACK.

Savant, très savant !

SIMPHORIUS, se tournant vers Angèle.

Où donc en étais-je ?

ANGÈLE.

Au deuxième volume.

SIMPHORIUS, à Germain qui s'impatiente.

A ces deux volumes je compte ajouter un troisième avec ce titre : *De la pernicieuse influence de la césure et de l'enjambement sur la poésie de l'avenir.* Alors je serai un des poètes ayant le plus légiféré sur les lettres de mon pays.

BAPTISTE, à part.

O modestie !

GERMAIN, consultant sa montre.

Et Léda qui m'attend pour pendre la crémaillère de son hôtel.

SIMPHORIUS.

Vous avez parlé de Velléda, j'ai justement une tragédie sur ce sujet; cinq actes en vers simphoriums, je vais vous la lire :

GERMAIN.

Vers simphoriums? des vers latins probablement.

SIMPHORIUS.

Pardon ! nous n'avions jusqu'à présent, pour les sujets graves, que des vers de douze pieds déplorablement courts. Afin de combler cette lacune j'ai créé le vers de dix huit pieds qui se prête mieux au poème tragique.

JEAN RENARD.

C'est un ténia.

CLARA.

Angèle, il te faudra faire provision de poudre vermifuge.

SIMPHORIUS.

J'avais envie de baptiser ce vers: Simphoriusum, imitant cet Alexandre de Bernay qui légua son nom au vers de douze pieds; mais, désirant lui donner une leçon de modestie, je l'ai appelé tout bonnement simphorium.

GERMAIN, à Baptiste pendant que Simphorius cherche
son manuscrit.

Ce phraseur me scie, tâche de m'en débarrasser.

CLARA, à Jean Renard.

Celui-là pourrait s'établir figaro à peu de frais.

JEAN RENARD, à Clara.

Il a tout ce qu'il faut pour raser le monde.

DE SAUCISSEMBACK.

Amusant, très amusant !

BAPTISTE, à Clara, Jean Renard et Alice.

Généralement les poètes ne sont pas forts sur la
géographie. Toujours en contemplation devant la
lune, ils ignorent la structure de notre planète.

Nous allons rire !

CLARA.

Une nouvelle, mon cher Jean Renard !

JEAN RENARD.

A sensation ?

CLARA.

Oui ! dans la librairie. On annonce : *Les Cent
Sonnets d'un Fumiste.*

JEAN RENARD.

Quel titre baroque !

CLARA.

Il paraît que de ce volume se dégagera un parfum.....

JEAN RENARD.

Ah ! bah !

CLARA, d'un ton moqueur.

Songez-donc ! l'auteur demeure à la Villette.

JEAN RENARD.

Où diable la poésie va-t-elle se loger ?.....

BAPTISTE.

Les appartements sont si chers dans le centre de
Paris !

Baptiste avance deux chaises, celle où se trouvent les œufs vers Simphorius et Germain s'asseoit sur le chapeau de Simphorius; il se relève aussitôt et donne à Baptiste le couvre chef converti en accordéon.

SIMPHORIUS, lisant.

Velléda ! premier acte. La scène représente une forêt de la Germanie avec dolmens et autels druidiques. Scène première. Velléda, Druides Chœur de Bardes.....

BAPTISTE, revenant du fond et semblant effaré.

Monsieur! monsieur!!

GERMAIN.

Qu'arrive-t-il ?.....

BAPTISTE.

Les indigènes de Montreuil-sous-bois viennent de déclarer la guerre aux naturels de Bagnolet.

La flotte des Romainvillois est entrée dans les eaux de Noisy-le-sec. Le conseil des ministres convoqué d'urgence, est réuni; on n'attend plus que vous pour délibérer.

GERMAIN, sérieux, pendant que tous s'esclaffent.

C'est bien; je me rends au conseil le temps de passer un pardessus. (A Simphorius).

Mes regrets, cher poète, vous me lirez votre belle tragédie un autre jour (Il sort). .

SIMPHORIUS, à Baptiste.

Nos frontières courent-elles le danger d'être envahies.

BAPTISTE.

Pas le moins du monde. Les belligérants habitent la partie de la zone torride touchant au pôle nord.

SIMPHORIUS.

Leurs mœurs sont elles douces ?

BAPTISTE.

Tout le contraire. Ces malheureux à demi sauva-

6

ges, malgré la grande Babylone à proximité, livrent leurs voisins vaincus aux ennemis.

SIMPHORIUS.

Les plus faibles pourront ils payer les frais de la guerre ?

BAPTISTE.

Probablement. C'est un peuple pasteur...

Comme Simphorius semble étonné.

J'ai dit: Pasteur! ne guérissant pas de la rage, quoiqu'il en eût la prétention, mais se faisant de beaux revenus avec les bêtes de son pays.

SIMPHORIUS.

Ces gens ont-ils quelque instruction?...

BAPTISTE.

Une instruction rudimentaire, mais ils sont très forts sur le calcul et, comme tous les paysans, ont l'amour de la terre avec l'intérêt pour seul mobile.

SIMPHORIUS.

Peut-on les prendre par eau?...

BAPTISTE.

Certainement. Les navires du plus fort tonnage peuvent jeter l'ancre dans leurs ports.

SIMPHORIUS.

Mais ils doivent avoir posé des torpilles?...

BAPTISTE.

Oui! oui! considérablement de torpilles! (A part). Il y vient, je l'amarre aux canards de Bagnolet.

JEAN RENARD.

Simphorius barbote dans tes eaux.

CLARA.

Grâce pour lui.

SIMPHORIUS

Dernière question : Pour faire connaître leurs faits d'armes,... les belligérants ont-ils des postes?

BAPTISTE.

De sergents de ville?...

SIMPHORIUS.

Mais non! des postes et télégraphes!

BAPTISTE.

Parfaitement. Les Parisiens reçoivent souvent des pêches de Montreuil.

SIMPHORIUS.

Merci du renseignement. Voici cinquante centimes pour toi.

BAPTISTE, à part.

Apollon chez ce pleutre est doublé d'Harpagon. (Haut). Je n'accepte pas.

SIMPHORIUS.

Pour quelle raison?...

BAPTISTE.

Apprenez, Monsieur, que, chez un ministre rouge, l'on ne reçoit pas de monnaie blanche !

SIMPHORIUS.

Heu! heu! son rouge n'est plus que rose bien pâle et tu as tort d'en être si fier.

ANGÈLE, qui cherche depuis quelques instants.

Et mes œufs? je ne trouve plus mes œufs!

BAPTISTE, à part, montrant Simphorius.

Il est en train de les couver.

(Simphorius se lève et tourne le dos au public. Angèle aperçoit sa redingote maculée par les œufs écrasés).

ANGÈLE.

Oh! Simphorius! qu'as-tu fait de mes œufs!

BAPTISTE, à Jean Renard et Clara.

Je les crois sur le plat.

JEAN RENARD.

Il y manque une pincée de poivre.

BAPTISTE, à part.

Pourquoi n'en met-il pas, lui, qui était encore poivre hier!

SIMPHORIUS, s'essuyant aidé par Angèle.

Singulière place pour des œufs.

ALICE.

Il eût été préférable de les faire à la neige.

SCÈNE VII

GERMAIN, LES MÊMES.

GERMAIN, boutonnant son pardessus

Messieurs et gentes demoiselles, je veux suivre le conseil de ma fille Angèle; ne jamais remettre au futur ce que l'on peut faire dans le présent. Nous signerons les contrats samedi. (Les invités prennent congé du ministre et se retirent par le fond du jardin. Les filles du ministre rentrent dans la maison pendant que celui-ci s'écrie d'un ton mélodramatique) : Sauvé, mon Dieu!

ALICE, baisant un bijou que vient de lui remettre Angèle.

Ah! c'est la croix de ma mère!

CLARA, restée la dernière se retourne sur le perron et appelle :

Baptiste! (Celui-ci se retourne, Clara lui envoie un baiser passionné puis sort aussitôt).

BAPTISTE, haussant les épaules.

Il y a de tout ici; des tragédies comme au Français, des exclamations stupides comme à l'Ambigu et des cocos fêlés comme au Châtelet! Que de pitres dans cette baraque!

RIDEAU

FIN DU TROISIÈME ACTE.

QUATRIÈME ACTE

(La scène représente un salon de réception. Au milieu une grande table avec une corbeille de mariage et ce qu'il faut pour écrire. Au lever du rideau, deux laquais en habits de gala se tiennent près de la porte d'entrée).

SCÈNE PREMIÈRE

CLARA, BAPTISTE.

BAPTISTE, en costume de maître de cérémonie.
(Les deux laquais referment les portes sur un signe de Clara).
(A part). Voici le moment de la taquiner. En avant nos instincts moqueurs.

CLARA.

Tu ne me dis rien? Je comptais sur un bout de discours. (Elle s'assied).

BAPTISTE, d'un ton solennel.

Charmante et chaste fiancée. (A part). Elle fait déjà la grimace. (Haut). C'est le grand jour du sacrifice. Tout à l'heure vous allez prendre l'engagement solennel de vous laisser immoler sans résistance, telle qu'une blanche brebis, sur l'autel de l'hyménée. Bientôt poindra cet heureux jour, plus doux encore, où, le front virginal paré du symbolique diadème en fleurs d'oranger, vous prononcerez le : Oui ! sacramentel devant un monsieur, l'abdomen cerclé d'une écharpe tricolore, puis le soir, après le champagne, vous quitterez la blanche couronne et la robe d'innocence pour entrer dans ce lit nuptial où, dans les bras d'un époux adoré, vous boirez à la source du bonheur.

Heureuse Clara; j'envie votre sort et quand sonnera l'heure du berger, je voudrais voir le Saucissembaçk.

CLARA, très impatientée.

Baptiste ! tu es à giffler ! Que d'inepties racléeś sur la corde sentimentale. Les larmes m'en viennent aux yeux; jamais je ne t'ai trouvé aussi bête qu'aujourd'hui.

BAPTISTE.

Dame ! j'entre dans la peau d'un personnage officiel, je dois débiter la phraséologie du rôle.

CLARA,

Redeviens toi-même et je te promets plus d'amour qu'à celui qui me paie quatre millions.

BAPTISTE.

J'accepte. Zut pour le langage académique, lequel ferait congeler l'alcool à 96 degrés.

CLARA, s'avançant vers Baptiste.

Un gros baiser pour signer le traité de paix,

BAPTISTE.

Tout de même. (Ils s'embrassent.) Mais j'y songe, sémillante Clara, êtes-vous bien sûre que, le jour du... marché — c'est je crois le seul mot propre — les orangers fussent en fleurs ?...

CLARA.

Qu'importe ! je ferai comme Angèle; j'en porterai de l'artificiel.

BAPTISTE.

A la bonne heure ! le vieux choucroutmann n'aura que ce qu'il mérite ; on n'est pas bête à ce point. D'ailleurs, tout est faux chez la femme. depuis la plante des petits pieds mignons jusqu'à la cime des cheveux.

Jusqu'au jour du mariage, à moins d'avoir ausculté avant, le jobard prétendu se figure tomber sur

une fiancée agréablement dodue, voluptueusement
et naturellement capitonnée, mais le soir, quand les
gens de la noce sont partis, il s'aperçoit qu'il n'a
plus qu'un ustensile de cave.

CLARA, Interrogeant.

Un ustensile de cave ?...

BAPTISTE.

Oui ! une petite planche à bouteilles avec une
douzaine de trous dedans. O désillusion !

CLARA.

Tu nous habilles bien.

BAPTISTE.

Pardon ! c'est le contraire. Tenez ! moi, si je me
mariais—je ne me marierai jamais c'est en désaccord
avec mes principes — je voudrais avoir une entrevue
de garantie mutuelle avec ma fiancée, afin de l'apercevoir dans le costume de la Vénus de Milo.

CLARA, le rappelant à la pudeur.

Néanmoins tu...

BAPTISTE.

Non non ! pas néanmoins ; bras en plus. A l'instar de l'agriculture, la Vénus de Milo manque de
bras, or, je tiendrais à ce que ma fiancée fut complète.

CLARA.

Mais... si la future épousée tenait à s'entourer des
mêmes garanties ?

BAPTISTE.

Il serait fait droit à sa demande ; le prétendu vêti-
rait le costume de l'Appollon du Belvédère.

CLARA, mettant les mains devant ses yeux.

Oh ! Baptiste ! tu me ferais rougir !... si j'en étais
capable. J'oubliais un détail : Il faudrait un voile, si
léger fut-il, pour cacher la vertu de la fiancée ?...

BAPTISTE.

Oh ! un timbre poste suffirait ; les femmes d'aujourd'hui en ont si peu !

CLARA.

Je te quitte ; restant près de toi je serais perdue.

BAPTISTE.

Si vous ne l'étiez pas déjà !

SCÈNE II

LES MÊMES, GERMAIN.

GERMAIN, A Baptiste, après avoir embrassé Clara.

Baptiste ! les invités vont arriver ; à mesure qu'ils
se présenteront tu annonceras les noms et qualités.

BAPTISTE.

Est-il nécessaire d'annoncer M. le ministre ?

GERMAIN.

Tu plaisantes : chez moi ! Je te croyais mieux
stylé.

BAPTISTE.

Comment ?

GERMAIN.

J'ai dit : stylé.

BAPTISTE, pendant que Germain tourne le dos.

(A part) L'esprit qui lui manque. J'avais bien compris !

SCÈNE III

LES MÊMES, ALICE ET ANGÈLE.

BAPTISTE, pendant qu'Alice et Angèle embrassant leur père.

A croquer ! cette petite Angèle. Veinard de Simphorius ! La poésie mène à tout.

GERMAIN, après les avoir baisées au front.

Vos toilettes sont ravissantes ! vous êtes artiste-
ment coiffées. Se dirigeant vers la porte. Ah ! vos flan-
cés sont d'heureux coquins ! (Il sort).

BAPTISTE, à part.

D'heureux coquins ! C'est très drôle ; on croirait
qu'il les connait déjà.

ALICE, s'adressant à ses sœurs.

Vite ! tramons un complot. La curiosité m'emporte ; visitons la corbeille.

ANGÈLE, enthousiasmée.

Oui ! c'est ça !

CLARA, s'approchant de la corbeille.

J'en suis ! Baptiste, veille à ce que nous ne soyons
pas surprises au milieu de notre inventaire.

BAPTISTE.

Latet anguis in herba.

CLARA.

Le diable t'emporte avec ton latin !

ALICE.

Je commence : (Elle ouvre la corbeille et en retire un
paquet de forme cylindrique portant son nom.)
Que diable peut-il y avoir là dedans ? (Soupesant le
paquet). C'est trop lourd pour être des bijoux.

CLARA.

Brise le cachet.

ANGÈLE.

Mais oui ! arrache le papier.

ALICE.

Je me risque ! tant pis ! On mettra ça sur le compte
des domestiques.

BAPTISTE, nonchalamment assis dans un fauteuil.

A votre aise, Mesdemoiselles.

ALICE, découvrant un pot de confitures.

(Très dépitée). Ah!..... c'est ça mon cadeau de noces?... On ne s'est pas ruiné pour moi!
(Angèle et Clara s'esclaffent.)

BAPTISTE, à part.

Quelle déconfiture !

ANGÈLE, tire un second paquet et lit la suscription.

Mademoiselle Angèle. Ah! c'est pour moi celui-là! (Elle déchire l'enveloppe et découvre un bébé). Oh! le vilain Simphorius qui me l'offre avant terme. (Elle presse la taille du bébé). Tiens! mais il dit: Maman! je l'aime déjà.

CLARA, mettant la main dans la corbeille.

C'est mon tour, voyons ! (Elle retire un petit paquet et l'ouvre aussitôt).

ALICE, regardant l'objet.

Un médaillon !

ANGÈLE.

Tout noir, c'est funèbre !
(Clara ouvre le médaillon).

ALICE.

Une mèche de cheveux !...

ANGÈLE.

Avec un petit papier...

ALICE.

Sans doute le coiffeur qui envoie des échantillons.

CLARA, lisant.

Aux filles sans cœur.
Souvenir de Gabriel Campagne.

(Angèle et Clara paraissent très émues. Alice reste indifférente).

BAPTISTE, à part.

Tiens! mon ami le cuisinier qui met des cheveux dans son potage !

ANGÈLE.

Ce pauvre garçon ! dans mon bonheur je commençais à l'oublier.

ALICE.

Les morts vont vite !

CLARA, s'adressant à ses sœurs et leur montrant Baptiste.

Tenez, voici notre mystificateur ! (A Baptista). Oserais-tu nier ?

BAPTISTE, d'un ton très enjoué.

A quoi bon.

ALICE.

Ce domestique se permet des choses...

ANGÈLE, grondeuse, mais souriante.

Fi le laid ! Vilain Baptiste ! Je vais aller mettre de l'eau dans ta soupe.

CLARA.

Pour une fois, notre curiosité se trouve récompensée.

ALICE.

Quel tableau devant les invités.

ANGÈLE.

Les voici ! j'entends sonner. Vite, cachons tout cela.

CLARA, s'adressant à Baptiste sur un ton de doux reproche pendant que ses sœurs vont cacher leur lot.

Tu es méchant. Je ne suis pourtant pas comme ça envers toi.

BAPTISTE.

Je suis tel et ne changerai pas pour vous.

CLARA.

Tu me fais souffrir.

BAPTISTE.

Et Gabriel, croyez-vous que ses derniers moments furent délicieux ?...

CLARA.

Je t'ai dit regretter sa mort.

BAPTISTE.

Ça ne suffit pas ; il fallait le pleurer.

CLARA.

J'en suis incapable.

BAPTISTE

(On entend marcher à la cantonnade).

Brisons, voici le monde.

CLARA, d'une voix suppliante.

Tu ne m'en veux pas, au moins ?

BAPTISTE, d'un ton bref.

Non !

SCÈNE IV.

(Les deux valets ouvrent les portes du dehors et Baptiste se
place près de la porte afin d'annoncer.

BAPTISTE, annonçant.

M. Germain, le ministre Démolis !

GERMAIN.

Quelle singulière façon ! Je t'avais dit de ne pas
m'annoncer.

BAPTISTE, tranquillement.

Je vous dénonce. (Continuant d'annoncer). Monsieur
Simphorius Roucoul, législateur du Parnasse contemporain ! Saluez ! (Tous s'inclinent).

SIMPHORIUS.

Très bien, mon garçon. Continue de la sorte ; je
te donnerai... mon estime.

BAPTISTE, à part en haussant les épaules.

Faquin ! (Annonçant). Maître Renard, avocat près
la Cour d'appel ! (Jean Renard fait son entrée, puis se
dirige du côté des dames). Maître Corbeau, notaire à

Paris! (A part). Voici déjà le Renard et le Corbeau,
il ne manque plus que le fromage. Tiens! mais...
j'y songe, le saucisson pourra le remplacer. (Annonçant). Monsieur de Saucissonback! Banquier à Paris.

DE SAUCISSEMBACK, furieux, à Baptiste.

De Saucissemback! imbécile! Recommence!

BAPTISTE, goguenard.

M. de Saucissonsemback! imbécile! banquier à
Paris.

DE SAUCISSEMBACK.

Jamais l'on ne pourra tirer quelque chose de cet
animal-là!

GERMAIN.

Cesse d'annoncer, tu remplis trop mal ta mission.

BAPTISTE.

De grand cœur, les autres invités sont des flat-
teurs ou des pompiers.

(Un des domestiques prend la place de Baptiste et se met en
devoir d'annoncer.

LE DOMESTIQUE, annonçant.

Lord Chacalls, ambassadeur d'Angleterre. M. le
prince et Mme la princesse Lourstackoff de Russie.

BAPTISTE, à Clara et Jean Renard.

(Vivement). Lours, Chacalls! probablement les
échappés d'une ménagerie! le dernier annoncé a
même cru devoir entraîner sa femelle, la grande
ourse, dans son évasion.

CLARA.

La Grande Ourse sur la terre?

JEAN RENARD.

Une constellation de moins dans le firmament.

LE DOMESTIQUE, annonçant.

M. le comte et Mme la comtesse Tockai de
Buda-Pesth!

BAPTISTE, à part.

Tockai de Pue-la-Peste.

Tous toqués dans cette famille-là. Il est vrai qu'en Hongrie le vin y fait beaucoup ?

LE DOMESTIQUE, annonçant.

Le major Von Cognack, attaché militaire allemand.

BAPTISTE, à part.

Le nom de celui-là me grise.

CLARA, s'adressant à Baptiste.

Tu admires la coupe de son uniforme ?

BAPTISTE, il tourne autour du major.

Non ! Je lui croyais une pendule dans le dos !

CLARA.

Ce n'est plus de l'époque ; en 71 il l'avait sur le dos ; maintenant il l'a sur la cheminée.

LE DOMESTIQUE, annonçant

Li-Tu-Gong-Kakao, chargé d'affaires de l'Empire du milieu.

ALICE, à J. Renard.

Tiens ! c'est un chinois ! D'après son nom je croyais voir un représentant de commerce !

JEAN RENARD, à sa fiancée.

Faisant la place pour les chocolats.

ALICE.

Dame ! Kakao !

LE DOMESTIQUE, annonçant.

M. de Mendigôli, Envoyé de la cour.

BATISTE, vivement.

Des miracles...

LE DOMESTIQUE, finissant d'annoncer.

De Rome !

BAPTISTE, à part.

Mendigô-li ; très rôussi pour un nom d'italien.

LE DOMESTIQUE.

M. le Docteur Diagnostic !

M. l'ingénieur Raoul Vacreusant !

M. Georges Ghonnet, Homme de lettres !

M. Malin — Chargé,

BAPTISTE, à part et vivement.

Homme de litres ! (Il fait le mouvement d'un buveur.)

LE DOMESTIQUE, finissant d'annoncer.

Ex ministre.

M. Daubanel, artiste peintre !

M. Cornu, professeur de chimie !

M. Laffreux, officier ministériel !

ALICE, regardant le dernier annoncé.

(A part). Oh ! qu'il est vilain ! Son nom l'est moins que lui !

JEAN RENARD, à Clara.

Quelle salade l'on ferait de tous ces talents.

LE DOMESTIQUE, annonçant.

M. Joquelin, artiste dramatique, monologuiste distingué !

CLARA, à Jean Renard.

Jusqu'à des cabotins ! c'est complet !

ANGÈLE, à Simphorius.

Est-ce que l'on va jouer la comédie ?...

SIMPHORIUS, à son amante.

Devant notaire ; peut être bien.

GERMAIN, s'adressant à de Saucissembback.

Eh ! bien, très cher, vous paraissez soucieux ; dites-moi la raison de votre gros chagrin.

DE SAUCISSEMBACK.

Je songe encore à ce domestique, mal appris et fanfaron, qui m'annonça tout de travers.

Quel âne bâté vous avez là.

GERMAIN.

Le recrutement des bons domestiques devient de

plus en plus difficile. Les théories égalitaires ont corrompu jusqu'aux chevaliers du plumeau.

BAPTISTE, ayant tout entendu et se tournant vers Clara sans lui causer à elle personnellement.

Gros Saucissonsemback, je te plains, triple buse
Qui ne t'aperçois pas que Baptiste s'amuse.

CLARA, s'adressant à Baptiste.

Des vers ?.....

BAPTISTE, d'un ton lugubre.

Oui ! des vers ! C'est là tout ce qui reste de l'académie !

JEAN RENARD, qui s'est approché.

Quelle macabre plaisanterie !

CLARA.

Un immortel en frissonnerait.

LE NOTAIRE, après s'être levé.

Les intéressés ont-ils tous pris connaissance des contrats, hier, à mon étude ?

TOUS LES INTÉRESSÉS.

Oui !

LE NOTAIRE.

Est-il nécessaire de les lire à nouveau ?

TOUS.

Non !

LE NOTAIRE.

Très bien. Je vais vous les donner à signer tout à l'heure; le temps de les mettre en ordre. (Il se rassied).

GERMAIN, s'adressant à Jean Renard et Simphorius.

Tenez, Jean Renard, voici le ruban de la légion d'honneur et votre nomination de préfet dans la Seine Supérieure. De plus, votre élection législative est assurée lors du prochain scrutin. Vous siégerez à l'union républicaine.

JEAN RENARD, serrant la main du ministre.

Merci !

BAPTISTE, à part.

Une machine à voter de plus.

GERMAIN, se tournant vers Simphorius.

Quand à vous, mon cher poète, votre fauteuil académique est également assuré. Il ne vous reste plus qu'à faire les visites d'usage.

SIMPHORIUS.

Très bien ! Je saurai tenir ma place à l'Institut.

GERMAIN.

Lors de votre réception vous aurez à faire l'éloge de votre prédécesseur, un homme sans cœur et sans talent, que la docte compagnie, dans un moment de servilisme comme en ont parfois toutes les assemblées, avait nommé pour complaire au dernier souverain.

SIMPHORIUS.

Eloge difficile à faire impartialement.

JEAN RENARD.

Scabreuse apologie.

GERMAIN, à Simphorius.

C'est vrai, puisque rien n'était bon chez l'homme à louanger ; mais, avec votre souplesse ordinaire, vous en sortirez facilement. D'ailleurs nous corrigerons ensemble les épreuves de votre discours.

JEAN RENARD.

La plus simple reconnaissance impose quelques phrases de remerciements. Simphorius passerait pour ingrat s'il ne jetait quelques fleurs de rhétorique sur celui qui poussa le dévoûment jusqu'à mourir pour lui laisser son fauteuil.

SIMPHORIUS.

Quoiqu'il ait eu la main forcée, je me souviendrai du service rendu.

GERMAIN.

Etes-vous contents tous deux ?

JEAN RENARD.

Ravi !

SIMPHORIUS.

Enchanté !

GERMAIN.

Tant mieux ! d'ailleurs, sans tomber dans le népo-
tisme, on peut avantager les siens.

JEAN RENARD.

C'est un droit !

SIMPHORIUS.

Même un devoir !

GERMAIN.

Maintenant, comme les ministres ne sont pas ina-
movibles, vous devrez me soutenir envers et contre
tous.

BAPTISTE, à part.

En vers et en prose.

JEAN RENARD.

Formons une trinité d'intérêts et jurons de nous
entr'aider mutuellement.

TOUS TROIS ENSEMBLE.

Nous le jurons !...

BAPTISTE, à part, près de Clara.

Le serment des voraces !

CLARA, Ayant entendu.

Voraces pour Horaces ; c'est presque un barba-
risme.

BAPTISTE.

Que : d'isme, un régiment de Lesseps ne suffirait
pas à les percer.

CLARA.

Il en est de cette terminaison comme de toutes
les choses dont on abuse ; ça se gâte : isme.

BAPTISTE.

Et ceux qui l'emploient se gâtent, eux.

CLARA.

Merci.

BAPTISTE.

A votre service, toujours.

GERMAIN, à Baptiste.

Tu as fidèlement et loyalement servi mes filles, je te confère les palmes d'officier d'académie.

BAPTISTE.

Merci ! (à part.) Pour avoir soigné ses filles, dit-il, mais alors la croix du Mérite agricole me revenait de droit !

Tant pis ! Contentons-nous de la râclure d'aubergine, le violet fait bien sur un habit noir, c'est moins criard que le rouge et bien mieux porté.

DE SAUCISSEMBACK.

Eh bien ! mes futurs parents, parvenez-vous à vous entendre ?...

BAPTISTE, à part.

Comme larrons en foire !

GERMAIN.

Mais certainement !

JEAN RENARD.

Le contraire est inadmissible entre nous !

DE SAUCISSEMBACK.

Moi, je suis ravi ! ce mariage, apportant le bonheur où se trouve déjà la fortune, comblera tous mes vœux.

BAPTISTE, à part.

Le bois d'un dix cors est le plus beau jour de sa vie ! Bonne tête !

GERMAIN.

Cette fortune fut-elle bien dure à gagner ??...

DE SAUCISSEMBACK.

Ordinairement. Les commencements furent péni-
bles mais au bout de cinq ans tout marchait seul.

JEAN RENARD.

Vous ne fûtes pas toujours banquier ?...

DE SAUCISSEMBACK.

Non, je fis la brasserie tout d'abord, je suis monté
dans la bière

CLARA, à son père devant Baptiste qui écoute.

Espérons qu'il y redescendra bientôt !

GERMAIN.

Attends au moins qu'il eût testé en ta faveur.

CLARA.

Je n'aurai pas cette patience. Oh ! s'il pouvait
être foudroyé avant le passage du Rubicon.

BAPTISTE, à part

Bon petit cœur, de l'or en barre !

LE NOTAIRE.

Si Mesdemoiselles Angèle, Alice et Clara Démolis veulent bien se donner la peine de signer les
contrats.

SAUCISSEMBACK, pendant que les filles du ministre
vont signer.

Oh ! que je suis heureux ! c'est trop de bonheur
à la fois, cette émotion me tue !

CLARA, s'adressant à Baptiste et Jean Renard.

S'il pouvait dire vrai !

JEAN RENARD.

Pourquoi tant vous effrayer ? Monsieur de Saucissemback ne doit pas être si terrible que cela.

BAPTISTE.

Songez donc, à son âge !

Tout comme Sarcey, votre gros pachyderme aura l'air de :

« L'éléphant triomphal qui foule aux pieds des roses ».

CLARA.

C'est vrai, d'ailleurs le mariage n'est qu'une convention ; la fidélité se jure mais ne se tient pas.

BAPTISTE.

Bravo ! foin des préjugés ; laissons ces mesquineries pour les imbéciles !

CLARA.

Réjouissez-vous, Renard, vous serez bientôt mon beau-frère, puis, lorsque je divorcerai — car je n'ai nulle envie de passer mon existence avec ce vieux sapajou — je vous prendrai pour avocat.

JEAN RENARD, rayonnant.

Voilà, certes, une excellente idée ! Je veux obtenir un succès fou et soulever l'auditoire contre votre gueux de mari.

CLARA.

Ne tablez pas trop sur le public ; peut-être se pourrait-il que la cause fût assez grasse pour nécessiter le huis clos. Je promets d'avance une superbe ramure à mon éléphantesque époux.

JEAN RENARD.

Je veux que le bon public se délecte quand même de mon plaidoyer, s'il ne l'entend pas, il le lira.

BAPTISTE.

Gutemberg fut un homme précieux.

CLARA.

Quand à toi, mon Baptiste adoré, je te prends à mon service ; lorsque mon financier me délaissera pour la Bourse, je t'emmènerai au Lion d'Or, nous y sablerons le champagne à la santé de Saucissback !

BAPTISTE.

En amour comme en politique, il est encore de beaux jours pour la domesticité !

JEAN RENARD, mi-fâché.

Dois-je en prendre ma part ?

BAPTISTE.

Si bon vous semble, j'en ai suffisamment pour deux.

CLARA.

Tiens ! Baptiste, j'ai trouvé mieux. Je louerai un pied à terre dans les Champs-Élysées, tu y resteras; t'occupant de littérature, de botanique ou d'astronomie, mais en mon pouvoir ; je t'y retiendrai prisonnier.

BAPTISTE.

Alors je serai dans les Champs-Élysées reclus ! je parachèverai l'*Histoire d'une Montagne* et déviendrai fougueux partisan de l'union libre.

CLARA.

Plein d'esprit, toujours des mots !

BAPTISTE, redevenant grave.

Dont on ne guérit pas.

JEAN RENARD.

Tu parles dans le même sens que Gabriel Campagne le jour de son suicide.

BAPTISTE.

J'aime à m'en souvenir devant celle qui l'a tué.

JEAN RENARD, à part.

Personnage énigmatique. ce satané Baptiste, singulier mélange de Ruy-Blas, de Don Salluste et de Triboulet, duquel on ne sait jamais s'il faut rire ou pleurer !

SCÈNE V

LES MÊMES, MARIETTE.

MARIETTE, s'adressant à Baptiste.

Alors, toutes ces intrigues vont finir par trois mariages ?

BAPTISTE.

Ça finit toujours ainsi dans la bourgeoisie !

MARIETTE.

O prosaïsme ! Dans quel monde de crétins vivons-nous ?

BAPTISTE, à part.

Décidément je fais école. Mariette se sert de vocables en isme ; nous sommes loin de l'opopanache et du maryland d'autrefois ! (Haut). Je t'admire, Mariette, tu rentres dans mes idées.

MARIETTE.

Pour donner un exemple à ces chinois nous ne nous marierons jamais.

BAPTISTE.

Bravo !

MARIETTE.

D'ailleurs, l'on peut s'aimer sans cela. Zut pour la loi !

BAPTISTE.

Ah ! si toutes les femmes te ressemblaient !

MARIETTE.

La révolution sociale serait faite. Tous les hommes naissent sans culottes.

LE NOTAIRE.

Je vais passer la plume à Mademoiselle Clara Démolis, fiancée à Monsieur de Saucissemback. (Clara va signer).

UN DOMESTIQUE.

Monsieur le Ministre est servi.

GERMAIN.

Je prie mes gracieux invités de bien vouloir faire honneur au dîner préparé à leur intention.

(Les invités passent dans la salle à manger).

DE SAUCISSEMBACK.

Elle a signé ! [dans huit jours, celle que j'adore sera ma femme à moi, toute à moi, rien qu'à moi. (Il s'approche et l'enlace). O Clara ! comme je vous aime ! (Il l'embrasse passionnément, puis chancelle tout à coup.

CLARA, à part.

Tiens ! qu'est-ce qui lui prend. (Haut). Seriez-vous malade ?

DE SAUCISSEMBACK, faiblement.

Je meurs !

CLARA, à part.

Déjà ! je ne m'y attendais pas si tôt. (Haut) Baptiste, vite le docteur ! Monsieur de Saucissemback est très mal. (Baptiste sort pendant que Clara s'agenouille près du banquier).

———————

SCÈNE VI

La famille et les invités rentrent avec le docteur.

CLARA, au docteur qui examine Saucissemback.

Sauvez-le ! je vous en prie docteur ! sauvez mon Fritz !

LE DOCTEUR.

De grâce, Mademoiselle, calmez-vous ; soyez forte devant le malheur ; votre fiancé n'est plus. (S'adressant à Germain) Monsieur de Saucissemback vient de succomber à la rupture d'un anévrisme au cœur, provoquée par une trop forte émotion,

— —

(s'adressant à Clara) Que faisait donc Monsieur de Saucissemback avant l'accident ?

CLARA.

Tout à la joie de m'avoir pour fiancée, Monsieur de Saucissemback m'avait prise dans 'ses bras et m'embrassait fortement.

LE DOCTEUR

Je m'en doutais, le bonheur tue quelquefois,

CLARA, se désolant près du cadavre.

Pauvre cher Fritz ! lui, si aimant ! si bon !
Ah ! ah ! ah ! (elle pleure).

GERMAIN, s'adressant à Jean, le domestique.

Il faut transporter de suite Monsieur de Saucissemback à son domicile, faites atteler le landau.
(Le domestique s'incline et sort aussitôt).

LE COMTE TOCKAI, à Clara au nom des invités.

Mademoiselle, au nom de vos invités, dont je suis le doyen, je vous prie de croire à nos sentiments de vive condoléance. Nous prenons une grande part du malheur qui vous frappe et c'est avec regret que nous vous laissons à votre profonde douleur. Mais la solitude seule convient aux grands deuils et les larmes sont moins amères lorsqu'elles coulent sans témoins.

CLARA, interrompant le comte.

Mes larmes ne tariront jamais ! (regardant le cadavre). Moi, qui lui avait voué toute ma vie ; oh ! la mort est bien cruelle !

LE COMTE TOCKAI, s'inclinant.

Adieu, Mademoiselle, et du courage.
(Tous les invités sortent après s'être inclinés devant Clara qui fait mine de sangloter. Les domestiques emportent de Saucissemback).

CLARA, s'adressant à son père.

Ces idiots ont pris au sérieux ma petite comédie.
Bonnes gens !

GERMAIN.

Bien joué Clara ! je ne t'aurais pas cru si forte
que cela.

CLARA.

Ai-je peu de chance tout de même ; ces choses n'ar-
riveront jamais qu'à moi. Deux fiancés morts en six
mois, sans compter ce pauvre Gabriel, me voici
veuve avant d'être épouse. Quelle guigne ! Je rentre
dans la catégorie des femmes fatales. (D'une voix plus
faible que Baptiste seul entend). Enfin, j'ai toujours ga-
gné quatre millions.

BAPTISTE, à part.

Qui donc oserait soutenir qu'en ce monde la vertu
n'est pas récompensée ?

GERMAIN.

Ne te désole pas, ma bonne Clara, tu pourras con-
voler avec le vicomte de la Tourmole ; c'est un bon
parti, vieille noblesse, les armes sont superbes.

CLARA.

Voudra-t-il d'une fille sans blason ? car je ne suis
encore que blasée.

GERMAIN.

Ce gentillâtre n'hésitera pas ; une dot de quatre
millions ne se trouve pas tous les jours.

JEAN RENARD, à part.

A-t-il de la chance celui-là ; une pareille aubaine
ne m'arrivera pas.

CLARA, s'adressant à son père.

Surtout, conserve-moi Baptiste ; je ne puis me
passer de lui.

GERMAIN, à part.

Décidément, elle en tient! (Haut à Baptiste.) Je suis

très satisfait de toi; en plus de la décoration je double tes gages. Tu auras à consoler ta jeune maîtresse, fais en sorte que le chagrin ne la tue pas.

BAPTISTE, avec un ton digne.

Je n'ai que faire de votre augmentation; ce soir je quitte votre service et celui de Mademoiselle.

GERMAIN.

Et pourquoi ?...

BAPTISTE.

Je redoute l'influence du milieu, je me trouve suffisamment corrompu comme cela !

GERMAIN.

Insolent ! tu sembles oublier à qui tu parles.

BAPTISTE.

Tout le contraire. La certitude dicte mes paroles.

SCÈNE VII

LES MÊMES, ANGÈLE, ALICE, MARIETTE, SIMPHORIUS
ET LE DOCTEUR.

CLARA, s'adressant à Baptiste en repoussant le docteur qui semble s'informer de son état.

Nous quitter ! mais que vas-tu faire ?

BAPTISTE.

Suivre le conseil donné par vous. Je me fais auteur dramatique !

JEAN RENARD.

Elle est bien bonne !

SIMPHORIUS, d'un ton méprisant.

Il ne doute de rien, ce valet !

GERMAIN.

C'est à portée de toute les bourses, mais non de toutes les intelligences.

BAPTISTE.

Point n'est besoin de grande imagination pour transcrire des scènes d'après nature et prises sur le vif. La pièce que je représenterai se joue depuis six mois dans cette maison.

GERMAIN.

Quel en sera le titre ?...

BAPTISTE.

Les Démolis !

GERMAIN.

Misérable ! je me vengerai !

BAPTISTE, d'un air tranquille.

Comment ?

GERMAIN.

Souviens toi de Millière et de Tony-Moilin ! Je te ferai fusiller à la prochaine Commune !

SIMPHORIUS.

Oui ! à mort ! c'est un traître !

JEAN RENARD.

Il veut mordre la main qu'on lui a tendue !

LE DOCTEUR.

Cette infamie crie vengeance ?

MARIETTE, à part.

Si ce Purgon s'en mêle, mon Baptiste est rincé.

(Gifflant le docteur) Mêlez-vous de vos loochs et de vos pilules ; ceci ne vous regarde pas !

LE DOCTEUR, se mettant à l'écart en se frottant la joue.

Cette furie a la main leste.

BAPTISTE, qui les a contemplés d'un air railleur.

Oh ! oh ! vous allez un peu vite, messieurs les bourgeois ! Pour escompter ainsi l'avenir ; êtes-vous bien sûrs d'être vainqueurs ?.....

Prenez-garde ! peut-être plus que moi, ce jour là, vous aurez besoin de pitié !

CLARA, s'élançant vers Baptiste.

O mon Baptiste! partons tous deux ; je l'aime!

BAPTISTE, la repoussant.

Arrière démon! le cadavre de Gabriel Campagne sera toujours entre nous! (Allant vers la porte et prenant la main de Mariette.) Viens Mariette! tout est malsain dans cette maison!

ANGÈLE.

Méchant Baptiste !

BAPTISTE, s'arrêtant près d'Angèle.

Recevez mes excuses, Mademoiselle, je vous salue comme ce qu'il y a de moins mauvais ici.

GERMAIN.

Nous sommes démasqués.

JEAN RENARD.

Le larbinisme nous perdra.

BAPTISTE, se retournant face au public.

Ce n'est pas seulement le larbinisme qui vous perdra, mais encore votre égoïsme et votre corruption!

Tenez, comme souvenir je vous lègue ce quatrain, persuadé que votre poète domestiqué n'aura jamais l'audace d'en rimer un pareil !

Penseurs, marquez ces gens d'un fer chaud sur la joue,
Les arts, l'amour, l'honneur, chez eux tout est vénal ;
A ces puissants, gavés, qui s'en vont à la boue,
Aux bourgeois décadents il faut un Juvénal !

Les uns courbent la tête, d'autres semblent furieux ; Clara paraît accablée sous le poids de la douleur, causée par la séparation.

RIDEAU.

FIN.

Georges Proteau.

3-28 Octobre 1885.

REMARQUE

Cette pochade, écrite voici presque un an, renferme des mots et des allusions qui ne sont plus de première actualité. Mais le public me pardonnera en songeant à ce qu'il faut de temps et de privations à l'ouvrier manuel, gagnant juste de quoi ne pas mourir de faim, pour amasser la somme nécessaire à l'impression d'une brochure. Si je l'écrivais aujourd'hui je ne manquerais pas d'intercaler dans le quatrième acte les deux scènes ci dessous. **G. P.**

SCÈNE PREMIÈRE

BAPTISTE, auquel un courrier vient de remettre un pli.

Monsieur le Ministre.

GERMAIN DÉMOLIS.

Qu'est-ce encore ?

BAPTISTE, lui remettant un papier bleu.

Un télégramme.

GERMAIN DÉMOLIS, prenant et lisant.

Président tribunal corectionnel Lyon à Ministre justice Paris. Viens de suspendre audience. N'ai pas reçu ordre sur peine que dois appliquer. (A Baptiste). Mais ce n'est pas pour moi ; c'est pour mon collègue de la justice.

BAPTISTE.

Le grand justicier est à la Maison dorée, en conférence avec Mlle Grille d'Egout sur les affaires de l'intérieur. Il ne peut se déranger pour le moment.

GERMAIN, à part et souriant.

Toujours vert et prêt à se décharger sur les

autres, ce pistolet. (Haut). Mais je ne suis pas au courant de cette affaire de Lyon !

J. RENARD.

Ce sont trois ouvriers sans travail qui, après être entrés chez un boulanger de la Guillotière, se sont fait remettre chacun deux kilogrammes de pain qu'ils ont refusé de payer, prétextant un chômage de six mois.

GERMAIN.

Le peuple devient lâche ! Que n'est-il plus le temps où, plus héroïque qu'aujourd'hui, la canaille savait mourir de faim sans se plaindre. (Ecrivant et lisant tout haut). Président tribunal. Appliquez maximum sans oublier flétrir dans considérants : ennemis de propriété, famille et religion. Pour ministre justice : Démolis.

BAPTISTE, remet un autre télégramme en disant :

De Rouen, celui-là.

GERMAIN, lisant tout haut.

Président tribunal correctionnel à ministre justice. Paris. Public murmure. Attends ordre d'Excellence depuis trois heures pour prononcer jugement. (S'adressant à Jean Renard). Quelle est cette autre affaire ?

J. RENARD.

Il s'agit du fils d'un préfet, accusé d'escroqueries, de faux, de coups et blessures et de vol dans un tripot à l'aide de cartes biseautées.

GERMAIN.

Demeurait-il chez ses parents ?

J. RENARD.

Non, il vivait d'expédients et du produit de la prostitution. L'hétaïre qui le nourissait est une jeune personne qu'il a séduite puis finalement lancée dans le monde de la galanterie tarifée, pour s'en faire de jolis revenus.

GERMAIN.

Pauvre garçon; cerveau faible. Encore une victime de cette littérature malsaine qui nous peint la vie telle qu'elle est réellement. Un damné de l'enfer zolatesque. (Écrivant et lisant tout haut). Président tribunal. Appliquez minimum avec admonestation paternelle. Glissez sur détails scabreux. Pour ministre justice : Démolis. (Remettant les deux télégrammes à Baptiste). Tiens; ne te trompe pas. Celui ci pour Lyon et cet autre pour Rouen.

BAPTISTE, après s'être incliné tandis que Germain va parler au notaire.

Il a oublié de mettre les noms de ville ; je vais réparer cette omission. (Tout en écrivant). Rouen sur celui de Lyon et *vice versa*.

GERMAIN, qui s'est rapproché.

Que fais-tu donc ?

BAPTISTE, tendant les télégrammes au courrier.

Je rends la justice... au courrier.

GERMAIN, à l'envoyé chinois qui vient de lui parler bas.

Oui, c'est vrai, dans les temps primitifs et de nos jours dans les pays où la civilisation n'a pas encore pénétré. Mais en Europe, nous avons changé tout cela. De cette façon, le juge est en repos avec sa conscience ; il rend l'arrêt qu'on lui dicte, et tout est fini par-là.

LI-TU-GONG-KAKAO.

Il n'y a plus de juges à Berlin !

SCÈNE II

JEAN RENARD, à Grouin.

Hé bien ! très cher, comment va ?...

GROUIN.

Bien, physiquement.

J. RENARD.

Et moralement?

GROUIN.

Mal, je m'ennuie d'elle.

GERMAIN DÉMOLIS, qui s'est approché.

Toujours vert Grouin. On a bien raison de vous appeler le député de Paphos.

GROUIN, très impatienté.

Allons donc! le député de scènes et noises tout au plus. Tous sont après moi. Clovis me tambourine, un Barnum ose m'offrir mille francs par soirée pour m'exhiber entre le lion Sultan et la belle Fatma; et jusqu'à Loyson qui s'est arraché la meilleure plume pour m'anéantir sous sa prose sacrée. Gallican va! (Apercevant Guillot). Ah! je vous présente mon ami Guillot, du Rhône, professeur d'ocarina, très distingué. C'est avec cet instrument qu'il fait danser ses électeurs.

GUILLOT, modestement et en tenant son ocarina.

C'est moi qui suis Guillot, (Montrant l'assemblée). Berger de ce troupeau.

BAPTISTE, à part, pendant que Guillot monte la gamme sur l'ocarina.

Il est joli ton troupeau.

G. DÉMOLIS, s'adressant à Grouin.

Alors votre affaire entre dans la voie d'apaisement?

GROUIN, mi-furieux.

Moins que jamais. Hier encore, un journaliste proposait de trancher la... difficulté en m'abélardisant. Ça tourne au vinaigre d'Orléans et j'ai grand peur d'être expulsé comme un simple prince de cette maison. Je suis las de cette vie. Parfois des idées de suicide me hantent. Je ne voudrais pas me frapper moi-même, car j'ai peur de me manquer puis surtout de me faire du mal.

GERMAIN DÉMOLIS.

Allez à Panama.

GROUIN.

Non, c'est trop loin !

GUILLOT.

Alors, allez rue d'Ulm ! c'est plus près !

GROUIN.

Raillez si bon vous semble, mais je l'aime toujours.

GUILLOT.

Je disais bien rue d'Ulm ; il est enragé.

J. RENARD, à Grouin, tout en souriant.

Il paraît que l'air d'Athènes lui fait du bien. Sa taille affecte une certaine rotondité.

GROUIN.

Je n'y tiens plus ! je vais aller voir comme elle, en Grèce.

GERMAIN DÉMOLIS.

Mes filles sont là. Pas de mots ; soyez sérieux.

GROUIN

Je ne le suis que trop. (Chantonnant).

> Ah ! qui me rendra le sourire
> De ma Schneider m'ouvrant ses bras.
> File, file mon beau navire,
> Car le bonheur m'attend là-bas.

(Grouin s'enfuit, tous éclatent de rire, et Guillot le suit en jouant de l'ocarina).

TABLEAU !

N. B. — Page 32, dans le sonnet intitulé : *Volupté,*
au premier quatrain se trouve ce vers :

En buvant sur ta peau la moiteur si douce

qui n'a que onze syllabes. Or, je préviens les bons
petits camarades qu'il est ainsi écourté dans le but
de montrer que, parfois, les poèmes des érudits ne
tiennent pas debout.

PARIS
IMPRIMERIE A. REIFF, 3, RUE DU FOUR
1886

9 782019 676742